Maigret e o matador

Livros do autor publicados pela **L&PM** EDITORES:

Todos os contos de Maigret – vol. 1
Todos os contos de Maigret – vol. 2

Coleção **L&PM** POCKET:

Romances com o inspetor Maigret:

A barcaça da morte
A fúria de Maigret
A louca de Maigret (inédito)
A noite da encruzilhada
A primeira investigação de Maigret
A velha senhora
As férias de Maigret
As testemunhas rebeldes
Maigret e a morte do jogador (inédito)
Maigret e o corpo sem cabeça (inédito)
Maigret e o fantasma (inédito)
Maigret e o homem do banco
Maigret e o ladrão preguiçoso (inédito)
Maigret e o matador (inédito)
Maigret e o mendigo (inédito)
Maigret e o negociante de vinhos (inédito)
Maigret e o sumiço do sr. Charles (inédito)
Maigret e os crimes do cais (inédito)
Maigret e os homens de bem
Maigret e seu morto
Maigret em Nova York
Maigret se diverte (inédito)
Memórias de Maigret (inédito)
Morte na alta sociedade
O amigo de infância de Maigret (inédito)
O assassino sem rosto
O cão amarelo
O caso Saint-Fiacre
O enforcado
O medo de Maigret
O mistério das joias roubadas
O porto das brumas
O revólver de Maigret (inédito)
Os escrúpulos de Maigret (inédito)
Um engano de Maigret
Uma sombra na janela

Outros romances:

A fuga do sr. Monde (inédito)
Ainda restam aveleiras
Sinal vermelho (inédito)

Georges Simenon

Maigret e o matador

Tradução de Paulo Neves

www.lpm.com.br

L&PM POCKET

Coleção **L&PM** POCKET, vol. 851

Texto de acordo com a nova ortografia.
Título original: *Maigret et le tueur*

Primeira edição na Coleção **L&PM** POCKET: março de 2010

Tradução: Paulo Neves
Capa: Ivan Pinheiro Machado. *Foto:* Ulf Huett Nilsson/ Getty Images
Preparação: Jó Saldanha
Revisão: Gustavo de Azambuja Feix

CIP-Brasil. Catalogação-na-Fonte
Sindicato Nacional dos Editores de Livros, RJ.

S599m

Simenon, Georges, 1903-1989
Maigret e o matador / Georges Simenon; tradução de Paulo Neves. – Porto Alegre, RS: L&PM, 2010.
176p. – (Coleção L&PM POCKET ; v. 851)

Tradução de: *Maigret et le tueur*
ISBN 978-85-254-1993-4

1. Romance francês. I. Neves, Paulo. II. Título. III. Série.

10-0099. CDD: 843
CDU: 821.133.1-3

Rua Comendador Coruja 314, loja 9 – Floresta – 90.220-180
Porto Alegre – RS – Brasil / Fone: 51.3225.5777 – Fax: 51.3221-5380

Pedidos & Depto. Comercial: vendas@lpm.com.br
Fale conosco: info@lpm.com.br
www.lpm.com.br

Impresso no Brasil
Verão de 2010

SOBRE O AUTOR

Georges Joseph Christian Simenon nasceu na cidade belga de Liège, em 12 de fevereiro de 1903, filho de Desiré Simenon, contador de uma companhia de seguros, e Henriette. A família era católica, e o comparecimento a rituais da Igreja foi uma constante na infância do autor. Christian, filho mais novo do casal, era o preferido de Henriette, enquanto Georges venerava o pai, um homem paciente que não desperdiçava palavras. Era adolescente quando Liège foi ocupada pelos alemães durante a Primeira Guerra Mundial.

Ainda na juventude do autor, seu pai adoeceu gravemente do coração. Georges abandonou a escola e começou a trabalhar. Passou por vários empregos, até que, em janeiro de 1919, foi admitido como office boy no *Gazette de Liège*, sendo posteriormente promovido a repórter. Escreveu sob vários pseudônimos, até chegar ao nome de Georges Sim, que usaria por doze anos. Na atividade jornalística, adquiriu várias habilidades que muito lhe valeriam na carreira de romancista: escrever rápido e respeitar prazos. Paralelamente ao trabalho, nesse período Simenon aplicou-se no estudo de medicina forense. Também nessa época começou suas primeiras experimentações literárias e conheceu Régine Renchon, a quem apelidou de Tigy, sua futura mulher.

Seu pai morreu em 1921, e, após cumprir o serviço militar, Georges mudou-se para Paris, em 1922, onde se sustentou graças ao salário de secretário particular. Nos anos seguintes, ele se estabeleceria como autor de literatura *pulp*, além de frequentar artistas da cena francesa, como o cineasta Jean Renoir, de quem se tornou amigo, e a cantora americana Josephine Baker, de quem foi amante. Já nessa época estava em gestação aquele que se tornaria um dos mais famosos personagens da literatura ocidental, o inspetor Jules Maigret.

Entre 1929 e 1930, Simenon escreveu sob pseudônimo vários textos que prenunciavam o surgimento da série em que o comissário da Polícia Judiciária francesa desvenda uma série de crimes. Os anos de 1930 e 1931 foram dedicados à redação dos romances que comporiam a série Maigret e que seriam publicados já com o nome do autor pela editora francesa Fayard a partir de 1931. *Pietr-le-Letton* (*O assassino sem rosto*) foi o primeiro desses romances a ser escrito, mas *Monsieur Gallet, décédé* foi o primeiro a ser publicado, obtendo sucesso imediato, como os demais livros que se seguiriam. Todo o universo e a ética de Maigret já estavam estabelecidos nos primeiros livros da série. As histórias protagonizadas pelo inspetor Maigret – parisiense, fumante de cachimbo, usando sempre um sobretudo de gola de veludo e chapéu – compõem uma categoria *sui generis* da literatura policial: o êxito junto ao público deve-se menos ao enredo e à descoberta do mistério do que ao misto de ceticismo e esperança com o qual o taciturno Maigret vê a sociedade – visão psicológica que é a principal arma desse humanista no combate contra o crime. Com o passar dos anos, a composição dos personagens secundários se tornaria mais complexa e o tom dos romances, mais filosófico.

Em 1933, já havia escrito seis romances em um estilo diferente do que praticara até então, que ele chamou de *roman dur*: romances que não necessariamente giram em torno de um crime e que se apoiam, sobretudo, na riqueza psicológica dos personagens. A essa altura a família já estava vivendo na propriedade em La Rochelle, na costa oeste da França.

Em 1945, Simenon – já com problemas de coração –, Tigy e o filho do casal, Marc, deixaram a Europa em direção à América. Lá, ele conheceu Denyse Ouimet, que se tornaria sua segunda mulher. Em 1953, nasceu Marie-Jo, a única filha do autor, que acabaria se suicidando em 1978. Em 1955, a família retornou à Europa, estabelecendo-se na Suíça.

A década que se seguiu foi turbulenta: Denyse sofreu de problemas psiquiátricos que a levaram à internação, em 1962, e, em 1964, abandonou a recém-construída residência familiar, na cidade suíça de Épalinges. Em 1970, morreu a mãe de Simenon, com quem ele sempre tivera relações problemáticas, e nesse mesmo ano ele escreveu seu último *roman dur*, *Les Innocents*, além de *Maigret e o sumiço do sr. Charles*, o último romance protagonizado por Jules Maigret. A partir de 1973, Simenon ditou e escreveu apenas livros de memórias que, como seus textos autobiográficos, são vistos com reservas por muitos estudiosos de sua obra, no que diz respeito à veracidade dos fatos. Nos últimos anos, o escritor viveu recluso, fazendo aparições públicas apenas ocasionalmente, das quais a mais famosa foi a entrevista dada ao cineasta e amigo Federico Fellini, na qual afirmou ter mantido relações com dez mil mulheres. Morreu aos 86 anos, no dia 4 de setembro de 1989, em Lausanne.

Simenon, o mais emblemático caso de proficuidade literária do século XX, é autor de mais de duzentos romances (75 dos quais protagonizados pelo inspetor Maigret), 155 contos (trinta com Maigret) e 25 textos autobiográficos.

Esses números são apenas aproximados, já que vários escritos foram publicados apenas em periódicos, sob até 29 pseudônimos. Dezenas de livros seus foram adaptados para a tevê, cinema e quadrinhos, e a sua venda mundial é estimada em mais de um bilhão de exemplares, em mais de cinquenta línguas. Atestando a sua permanência literária e a excelência de sua ficção, foi recentemente eleito o segundo melhor autor de livros de mistério pelo jornal *The Times*, somente atrás de Patricia Highsmith.

SUMÁRIO

CAPÍTULO I

Pela primeira vez desde que adquiriram o hábito de jantar todos os meses na casa dos Pardon, Maigret haveria de guardar daquele encontro no Boulevard Voltaire uma lembrança quase penosa.

Tudo começou no Boulevard Richard-Lenoir. Sua mulher chamou um táxi por telefone, pois chovia há três dias como, segundo o rádio, não se via nos últimos 35 anos. Chuva com rajadas de vento, gelada, das que fustigam o rosto e as mãos, colando as roupas molhadas no corpo.

Nas escadas, nos elevadores, nos escritórios, os passos deixavam manchas escuras, e o humor das pessoas era execrável.

Eles desceram e esperaram cerca de meia hora na entrada do prédio, expostos ao frio, até o táxi finalmente chegar. E ainda foi preciso insistir com o motorista para que aceitasse uma corrida tão curta.

– Desculpem-nos... Estamos atrasados...

– Todo o mundo se atrasa nestes dias... Não se incomodam de passarmos à mesa em seguida?

O apartamento estava aquecido e sua intimidade era tanto mais confortável quanto se ouvia a tempestade sacudir as janelas. A sra. Pardon havia preparado uma carne à moda da Borgonha como só ela sabia fazer, e esse prato ao mesmo tempo consistente e sofisticado dominou a conversa.

Depois se falou da cozinha do interior, do cassoulet, do cozido da Lorena, da dobradinha à moda de Caen, da caldeirada de peixe...

– No fundo, foi da necessidade que a maioria dessas receitas nasceu... Se os refrigeradores já existissem na Idade Média...

Do que mais eles falaram? As duas mulheres, como de costume, foram se instalar num canto da sala onde conversavam a meia-voz. Pardon levou Maigret a seu gabinete para lhe mostrar uma edição rara que um dos pacientes lhe dera. Eles se sentaram e a sra. Pardon veio lhes servir o café e um cálice de calvados.

Pardon estava fatigado. Havia muito suas feições revelavam isso e, por momentos, lia-se nos seus olhos uma espécie de resignação. Ele trabalhava no mínimo quinze horas por dia, sem jamais se queixar nem reclamar, de manhã no seu consultório, uma parte da tarde carregando sua pesada maleta de rua em rua, depois novamente em casa, à noite, onde a sala de espera estava sempre cheia.

– Se eu tivesse um filho e ele me dissesse que gostaria de ser médico, acho que eu tentaria dissuadi-lo...

Maigret quase desviou os olhos, por pudor. Partindo de Pardon, a frase era totalmente inesperada, pois ele adorava a profissão e não era possível imaginá-lo exercendo outra.

Desta vez ele estava desanimado, pessimista, e, sobretudo, permitia-se exprimir esse pessimismo.

– Estão nos transformando em funcionários e fazendo da medicina uma grande máquina de vender cuidados medianamente adequados...

Maigret o observava enquanto acendia o cachimbo.

– Não apenas funcionários – continuou o médico –, mas maus funcionários, pois não podemos mais dedicar a cada doente o tempo que seria necessário... Às vezes me envergonho de conduzi-los à porta quase empurrando-os... Vejo seus olhares inquietos ou mesmo suplicantes... Sinto que esperam de mim outra coisa, perguntas, palavras, em suma, alguns minutos durante os quais eu me preocupe apenas com eles.

Ele levantou o copo.

– À sua saúde...

Procurava sorrir, com um sorriso mecânico que não lhe caía bem.

– Sabe quantos pacientes vi hoje?... Oitenta e dois... E isso não é excepcional... Sem falar que nos obrigam a preencher formulários diversos que nos ocupam as noites... Perdoe-me por aborrecê-lo com essa conversa. Você também deve ter suas preocupações no Quai des Orfèvres...

Do que falaram a seguir? De coisas banais que se esquecem no dia seguinte. Pardon estava sentado diante da sua escrivaninha, fumando um cigarro, Maigret na cadeira de braços reservada aos pacientes. Reinava ali um cheiro particular que o comissário conhecia bem, pois o reencontrava a cada uma de suas visitas. Um cheiro que não deixava de lembrar o das delegacias de polícia. Um cheiro de pobre.

Os clientes de Pardon eram moradores do bairro, quase todos bastante modestos.

A porta se abriu, e Eugénie, a empregada, que trabalhava há tanto tempo no Boulevard Voltaire que parecia fazer parte da família, anunciou:

– É o italiano, senhor...

– Que italiano? Pagliati?...

– Sim, senhor... Está muito agitado... Parece que é urgente...

Eram dez e meia da noite. Pardon levantou-se, abriu a porta da triste sala de espera onde revistas estavam espalhadas em cima de uma mesinha.

– Que foi que houve, Gino?

– Não se trata de mim, doutor... nem da minha mulher... Há um homem ferido na calçada e acho que está morrendo...

– Onde?

– Na Rue Popincourt, a menos de cem metros...

– Foi você que o encontrou?

Pardon já estava na entrada, vestindo o sobretudo preto, procurando a maleta, e Maigret naturalmente também vestiu seu casaco. O médico entreabriu a porta da sala de estar.

– Voltamos daqui a pouco... Há uma pessoa ferida na Rue Popincourt...

– Leve o guarda-chuva.

Ele não levou. Imaginou que seria ridículo inclinar-se com um guarda-chuva sobre um homem agonizante na calçada.

Gino era napolitano. Tinha uma mercearia na esquina da Rue du Chemin-Vert com a Popincourt. Mais exatamente, era a sua mulher, Lucia, que tomava conta da loja, enquanto, nos fundos, ele preparava massas frescas, raviólis, tortellini. O casal era popular no bairro. Pardon atendia Gino por causa da sua hipertensão.

O dono da mercearia era um homem de baixa estatura, atarracado, de rosto sanguíneo.

– Estávamos voltando da casa do meu cunhado, na Rue de Charonne... Minha cunhada vai ter um bebê e está para ser levada à maternidade a qualquer momento... Vínhamos caminhando sob a chuva quando vi...

Metade das suas palavras se perdia na tempestade. As águas que corriam ao longo das calçadas eram verdadeiras torrentes sobre as quais era preciso saltar, e os raros carros que passavam lançavam respingos de água suja vários metros adiante.

A visão que os esperava, na Rue Popincourt, era inesperada. Não havia um único pedestre de uma ponta a outra da rua e somente umas poucas janelas, além da vitrine de um pequeno bar, ainda estavam iluminadas.

A uns cinquenta metros desse bar, uma mulher de corpo volumoso estava de pé, imóvel, debaixo de um guarda-chuva que o vento sacudia, e um poste de luz deixava ver aos pés dela um corpo estendido.

A cena evocou a Maigret velhas lembranças. Bem antes de chefiar a Brigada Criminal, quando era apenas um inspetor, aconteceu-lhe muitas vezes ser o primeiro a chegar ao local de uma rixa, de um acerto de contas, de um assalto a mão armada.

O homem era jovem. Parecia ter uns vinte anos, vestia uma jaqueta de couro e seus cabelos eram bastante compridos na nuca. Estava caído de bruços e nas costas da jaqueta havia uma mancha de sangue...

– Você avisou a polícia?

Pardon, acocorado junto ao ferido, pediu:

– Que mandem uma ambulância...

Isso significava que o desconhecido estava vivo, e Maigret dirigiu-se até a luz que avistou a uns cinquenta metros. Na fachada pouco iluminada, liam-se as palavras: Chez Jules. Ele empurrou a porta envidraçada coberta por uma cortina creme e penetrou numa atmosfera tão calma que parecia irreal. Fazia pensar numa pintura de gênero.

Era um bar à moda antiga, com serragem no chão e um cheiro forte de vinho e álcool. Quatro homens de uma certa idade, três deles gordos e corados, jogavam cartas.

– Posso telefonar?

Com estupor, eles o viram dirigir-se até o aparelho fixo à parede, junto ao balcão de estanho e às fileiras de garrafas.

– Alô... É da delegacia do 11º *arrondissement*?...

Ela ficava a dois passos dali, na Place Léon-Blum, a antiga Place Voltaire.

– Aqui é Maigret... Há um ferido na Rue Popincourt... Perto da Rue du Chemin-Vert... Precisamos de uma ambulância.

Os quatro homens se animaram como os personagens de um quadro que de repente criassem vida. Conservavam as cartas na mão.

– O que houve? – perguntou o que estava só de camisa e que devia ser o dono do bar. – Quem está ferido?

– Um rapaz...

Maigret pôs a moeda em cima do balcão e dirigiu-se até a porta.

– Um alto e magro, com jaqueta de couro?

– Sim...

– Ele estava aqui até uns quinze minutos atrás...

– Sozinho?

– Sim.

– Parecia nervoso?

O dono, Jules provavelmente, interrogou os outros com o olhar.

– Não... Não especialmente.

– Ficou muito tempo?

– Uns vinte minutos...

Quando Maigret saiu à rua, viu dois agentes de bicicleta, com as capas encharcadas, parados junto do ferido. Pardon havia se levantado.

– Não posso fazer nada... Ele recebeu várias facadas... O coração não foi atingido... Tampouco alguma artéria, à primeira vista, caso contrário haveria mais sangue...

– Ele recuperará os sentidos?

– Não sei... Não ouso mexer nele... Só no hospital é que se poderá...

Os dois carros chegaram quase ao mesmo tempo, o da polícia e a ambulância. Os jogadores de cartas, para não se molhar, preferiram ficar na entrada do pequeno bar e observar de longe. Somente o dono avançou, com um pano sobre a cabeça e os ombros. Logo reconheceu a jaqueta.

– É ele mesmo...

– Ele não lhe disse nada?

– Não... Apenas pediu um conhaque.

Pardon dava instruções aos enfermeiros que traziam a padiola.

– O que é isso? – perguntou um dos agentes, apontando um objeto escuro que se assemelhava a uma máquina fotográfica.

O ferido o trazia preso por uma correia a tiracolo. Não era uma máquina fotográfica, mas um gravador de fita cassete. A chuva o molhava e, quando o homem foi colocado na padiola, Maigret aproveitou para soltar a correia.

– Para o hospital Saint-Antoine...

Pardon entrou na ambulância com um dos enfermeiros, enquanto o outro se punha ao volante.

– O senhor é o quê? – este perguntou a Maigret.

– Policial.

– Se quiser me acompanhar...

O bairro estava deserto e, menos de cinco minutos depois, a ambulância, seguida pelo carro da delegacia, chegava ao hospital.

Também ali Maigret reencontrou velhas lembranças: o globo luminoso acima do setor de emergência, o longo corredor mal-iluminado onde duas ou três pessoas esperavam, resignadas e em silêncio, sobressaltando-se sempre que uma porta se abria e se fechava ou que um homem ou uma mulher de branco passava de um lado para outro.

– Sabe o nome e o endereço dele? – perguntou uma mulher corpulenta de dentro da cabine de vidro com um guichê.

– Ainda não...

Um plantonista, chamado por uma campainha, veio do fundo do corredor apagando contra a vontade o cigarro. Pardon se apresentou.

– O senhor sabe o que houve?

O ferido, estendido num leito de rodas, foi levado a um elevador e Pardon, que o acompanhava, dirigiu de longe um vago sinal a Maigret, como para lhe dizer: "Volto em seguida..."

– Sabe de alguma coisa, senhor comissário? – perguntou um dos agentes da delegacia.

– Não mais do que vocês. Eu jantava na casa de um amigo, no bairro, quando vieram avisar esse amigo, que é médico, de que havia um ferido estendido na calçada, na Rue Popincourt...

O agente tomava notas numa caderneta. Menos de dez minutos se passaram, num silêncio desagradável, até Pardon reaparecer no fundo do corredor. Era um mau sinal. O rosto do médico estava preocupado.

– Morto?

– Antes mesmo que tivessem tempo de despi-lo... Hemorragia na cavidade pleural... Foi o que temi, ao ouvir sua respiração.

– Muitas facadas?

– Sim, várias... Uma lâmina bastante fina... Dentro de alguns minutos trarão o conteúdo do que ele tinha nos bolsos... Depois, suponho que o enviarão ao Instituto Médico Legal, não?

Essa Paris era familiar a Maigret. Ele a vivera durante anos e, no entanto, jamais se habituara completamente. O que ele fazia ali? Uma, várias facadas, era algo que não lhe dizia respeito. Toda noite isso acontecia e se resumia, na manhã seguinte, a três ou quatro linhas nos relatórios cotidianos.

O acaso quis que nesta noite estivesse por perto e assim sentia-se um pouco ligado ao acontecido. O italiano fabricante de massas não teve tempo de lhe dizer o que tinha visto. Ele já devia ter voltado para casa com a mulher. Os dois moravam no primeiro andar, acima da mercearia.

Uma enfermeira dirigiu-se até o pequeno grupo, com um cesto na mão.

– Quem é o responsável pelo inquérito?

Os agentes à paisana olharam para Maigret e foi a ele que ela falou:

– Aqui está o que encontramos nos bolsos. O senhor precisa assinar um recibo...

Havia uma carteira pequena, das que se enfiam no bolso de trás da calça, uma caneta esferográfica, um cachimbo, uma tabaqueira contendo fumo holandês muito claro, um lenço, moedas e duas fitas cassete.

Na carteira, a identidade e uma habilitação de motorista em nome de Antoine Batille, 21 anos, domiciliado no Quai d'Anjou, em Paris. Era na Île Saint-Louis, não longe da Pont-Marie. Havia também uma carteira de estudante.

– Pardon, faria o favor de dizer à minha mulher que volte para casa sem mim e que não precisa me esperar?

– Vai até lá?

– É preciso. Certamente ele vive com os pais e devo informá-los.

E voltou-se para os agentes da delegacia.

– Vocês poderiam interrogar Pagliati, o dono da mercearia da Rue Popincourt, e os quatro homens que jogavam cartas no Jules, se ainda estiverem no bar?

Como sempre, ele lamentava não poder fazer tudo por si mesmo. Gostaria de voltar à Rue Popincourt, entrar no pequeno bar onde havia como que uma bruma em volta do globo de luz e onde os jogadores de cartas haviam provavelmente retomado sua partida.

Gostaria também de interrogar o italiano, sua mulher e talvez uma velhinha que apenas avistou a tragédia por uma janela iluminada de um primeiro andar. Ela já estava ali quando aconteceu?

Mas a primeira coisa a fazer era avisar os pais. Telefonou ao inspetor de plantão no 11º *arrondissement* e o colocou a par.

– Acha que ele sofreu muito? – perguntou a Pardon.

– Não creio. Deve ter perdido logo os sentidos... Eu não podia fazer nada, na calçada...

A carteira era de pele de crocodilo, de excelente qualidade, a caneta esferográfica prateada, o lenço marcado com um *A* bordado à mão.

– Faria a gentileza de me chamar um táxi, senhora?

Ela o fez, em sua cabine, sem nenhuma gentileza. É verdade que não devia ser agradável passar a noite toda num lugar lúgubre como aquele, esperando que os dramas do bairro viessem terminar no hospital.

Por milagre, o táxi chegou menos de três minutos depois.

– Levo-o de volta para casa, Pardon...

– Espero que não se demore...

– Você sabe, para a notícia que eu levo...

Ele conhecia bem a Île Saint-Louis porque já havia morado na Place des Vosges e, naquela época, ele e a mulher costumavam passear à noite de braços dados ao redor da ilha.

Tocou a campainha de uma grande porta pintada de verde. Ao longo das calçadas alinhavam-se diversos carros, em sua maior parte luxuosos. Uma porta estreita se abriu na maior.

– O sr. Batille, por favor? – perguntou, parando diante de uma espécie de portaria.

Uma voz adormecida de mulher limitou-se a responder:

– Segundo andar à esquerda...

Ele tomou o elevador, e a água da chuva que impregnava o sobretudo e as calças formaram uma poça a seus pés. O prédio, como a maior parte dos da ilha, fora reformado. As paredes eram de pedra branca, a iluminação provinha de castiçais em bronze cinzelado. No piso de mármore à entrada do apartamento, o capacho trazia uma grande letra *B* em vermelho.

Ele tocou a campainha, ouviu um timbre elétrico distante, mas transcorreu um bom tempo até que a porta se abrisse sem ruído.

Uma jovem camareira em uniforme elegante o olhou com curiosidade.

– Eu gostaria de falar com o sr. Batille...

– O pai ou o filho?...

– O pai...

– O patrão e a patroa ainda não voltaram e não sei a que horas voltarão...

Ele mostrou o seu distintivo da P. J. Ela perguntou:

– Do que se trata?

– Comissário Maigret, da Polícia Judiciária.

– E vem ver o patrão a esta hora? Ele o espera?...

– Não.

– É muito urgente?

– Um assunto importante...

– É quase meia-noite... O patrão e a patroa foram ao teatro.

– Nesse caso, é possível que voltem logo...

– A menos que, como fazem com frequência, resolvam a seguir jantar com amigos.

– O sr. Batille filho não os acompanhou?

– Ele nunca os acompanha...

A moça parecia embaraçada. Não sabia o que fazer e ele devia lhe causar dó, encharcado como estava. Maigret avistou um amplo vestíbulo com um parquê coberto de um tapete azul-claro puxando levemente para o verde.

– Se é realmente urgente...

E resignou-se a deixá-lo entrar.

– Dê-me o chapéu e o sobretudo.

Também dirigiu um olhar inquieto aos sapatos, mas afinal não podia lhe pedir para tirá-los.

– Por aqui...

Pendurou o casaco num vestiário, hesitando em introduzir Maigret na sala principal que se abria à esquerda.

– Não se incomoda de esperar aqui?

Ele compreendia muito bem. O apartamento era de um luxo um tanto feminino, quase excessivamente refinado. As poltronas da sala eram brancas e nas paredes havia quadros de Renoir, de Marie Laurencin e da fase azul de Picasso.

A camareira, jovem e bonita, perguntava-se visivelmente se devia deixá-lo sozinho ou vigiá-lo, como se não tivesse muita confiança no distintivo que ele exibiu.

– O sr. Batille é um homem de negócios?

– O senhor não o conhece?

– Não.

– Não sabe que é o proprietário dos perfumes e dos produtos de beleza Mylène?

Ele entendia muito pouco de produtos de beleza! E não seria a sra. Maigret, que usava apenas um pouco de pó de arroz, que teria podido informá-lo.

– É um homem de que idade?

– Quarenta e quatro?... Quarenta e cinco anos?... Parece muito jovem e...

Ela corou. Talvez estivesse apaixonada pelo patrão.

– E a mulher dele?

– Se o senhor se inclinar um pouco, verá o quadro da patroa acima da lareira...

Em vestido de gala azul. O azul e o rosa-pálido pareciam ser as cores da casa, como nos quadros de Marie Laurencin.

– Acho que ouvi o elevador...

E sem querer ela deu um leve suspiro de alívio.

Falou a meia-voz, perto da porta para a qual se precipitara. O casal era jovem, elegante, aparentemente sem preocupações, e voltava para casa após uma noitada no teatro. Ambos olharam de longe o intruso de calças e sapatos molhados que se levantou desajeitadamente da cadeira e que buscava disfarçar seu embaraço.

O homem retirou a capa cinza sob a qual vestia um smoking, e a mulher, sob uma pele de leopardo, usava um vestido elegante feito de finas malhas de prata.

Eles tinham uma dezena de metros a percorrer e Batille foi o primeiro a se aproximar, a passos rápidos e nervosos. Sua mulher o acompanhou.

– Disseram-me que é o comissário Maigret – ele murmurou, de cenho franzido.

– Exatamente.

– Se não estou enganado, o senhor é o chefe da Brigada Criminal?

Houve um curto silêncio bastante desagradável durante o qual a sra. Batille procurava adivinhar; ela já não tinha o mesmo aspecto despreocupado de quando atravessara a porta alguns momentos antes.

– É estranho que a esta hora... Seria algo a respeito do meu filho?

– Estão preparados para más notícias?

– De modo nenhum... Por favor, vamos até o meu escritório.

Era a última peça que dava para a sala. Batille devia ter o seu verdadeiro escritório noutro local, no prédio dos produtos Mylène, que Maigret já vira várias vezes na Avenue Matignon.

A biblioteca era de madeira clara, limoeiro ou figueira, e as paredes estavam cobertas de livros. As poltronas de couro eram de um bege muito suave, assim como os apetrechos da escrivaninha. Em cima desta, uma fotografia em moldura de prata, a sra. Batille acompanhada de duas crianças, um menino e uma menina.

– Sente-se... Está me esperando há muito tempo?

– Apenas uns dez minutos.

– Posso lhe oferecer algo para beber?

– Obrigado...

Era como se o homem retardasse agora o momento de ouvir o que o comissário tinha a lhe dizer.

– O senhor tinha preocupações a respeito do seu filho?

Ele pareceu refletir por um instante.

– Não... É um rapaz calmo, reservado, talvez até calmo e reservado demais...

– O que acha dos seus amigos?

– Ele praticamente não tem amigos... É o contrário da irmã, que tem apenas dezoito anos e faz amizades facilmente... Ele não tem amigos nem colegas... Aconteceu alguma coisa com ele?

– Sim.

– Um acidente?

– Se é possível dizer... Ele foi assaltado esta noite, na calçada da Rue Popincourt...

– Está ferido?

– Sim.

– Gravemente?

– Ele está morto...

Teria preferido não vê-los, não assistir a essa queda brutal. O casal mundano, cheio de desenvoltura e segurança, desaparecia. As roupas não provinham mais do costureiro e do grande alfaiate. O próprio apartamento perdia sua elegância e sua sedução.

Não havia mais do que um homem e uma mulher que ainda se negavam a acreditar na realidade do que lhes informavam.

– Tem certeza de que é o meu...

– Antoine Batille, não é mesmo?

Maigret estendeu a carteira ainda molhada.

– É dele, sim...

E acendeu maquinalmente um cigarro. Suas mãos tremiam. Os lábios também.

– Como aconteceu?

– Ele saía de um pequeno bar... Percorreu uns cinquenta metros debaixo da chuva e alguém, por trás, o atacou com várias facadas...

A mulher fez um gesto de dor como se fosse ela a atingida, e o marido estreitou-lhe os ombros com o braço. Ele tentou falar, mas não conseguiu de imediato. Aliás, para dizer o quê? O que lhe veio à cabeça, mesmo não sendo a sua atual preocupação, foi:

– Prenderam o...?

– Não.

– Ele morreu na hora?

– Ao chegar ao hospital Saint-Antoine.

– Podemos ir vê-lo?

– Não o aconselho a ir esta noite, espere até amanhã de manhã.

– Ele sofreu?...

– O médico afirma que não.

– Venha, Martine... Vá deitar-se um pouco no seu quarto.

E a conduziu docemente, mas com firmeza.

– Estarei com o senhor dentro de um instante, comissário.

A ausência de Batille durou cerca de quinze minutos e, quando voltou, ele estava pálido, com as feições murchas, o olhar sem expressão.

– Sente-se, por favor...

Ele era baixo, magro e nervoso. Era como se a figura alta e corpulenta de Maigret o incomodasse.

– Não quer mesmo uma bebida?

Abriu um pequeno bar, pegou uma garrafa e dois copos.

– Não lhe escondo que preciso beber alguma coisa...

Serviu-se de uísque e o despejou num segundo copo.

– Com água mineral?

E, em seguida:

– Não compreendo... Não consigo compreender... Antoine era um rapaz que não me escondia nada e, aliás, não havia nada a esconder em sua vida... Ele era... sinto dificuldade de falar no passado, mas terei de me habituar a isso... era estudante... Fazia o curso de letras na Sorbonne... Não pertencia a nenhum grupo... Não se interessava nem um pouco por política...

Ele fixava o tapete havana, de braços caídos, e dizia para si mesmo:

– Mataram-no... Por quê?... mas por quê?

– É para tentar descobrir que estou aqui.

Ele olhou Maigret como pela primeira vez.

– E por que o senhor está pessoalmente envolvido nesse caso? Para a polícia, trata-se de um crime comum, não?

– Por acaso eu me encontrava quase no local...

– Viu alguma coisa?

– Não.

– Ninguém viu nada?

– Um fabricante de massas italiano, que voltava para casa com a mulher... Eu lhe trouxe os objetos encontrados nos bolsos do seu filho, mas esqueci o gravador...

O pai não pareceu compreender de imediato, depois murmurou:

– Ah! sim...

E quase sorriu.

– Era a paixão dele... Certamente vai achar graça... Sua irmã e eu também ríamos disso... Alguns são fanáticos por fotografia e saem à caça de rostos pitorescos até debaixo das pontes...

"Já Antoine recolhia vozes humanas... Muitas vezes passava noites inteiras fazendo isso... Entrava nos cafés, nas estações ferroviárias, em qualquer lugar público, e punha a funcionar seu gravador...

"Trazia-o junto ao peito e muitos achavam que era uma máquina fotográfica. Sua mão ocultava um pequeno microfone..."

Maigret tinha finalmente algo em que se apoiar.

– Ele nunca teve problemas?

– Só uma vez... Foi num bar nos arredores da Place des Ternes... Dois homens estavam apoiados no balcão... Antoine, ao lado deles, gravava discretamente...

"– Que está fazendo, garoto? – disse de repente um dos homens.

"Ele se apoderou do gravador, do qual retirou a fita.

"– Não sei qual é a sua, mas se aparecer outra vez por aqui trate de vir sem esse treco, ouviu bem?"

Gérard Batille bebeu um gole do uísque e continuou:

– O senhor acha que...?

– Tudo é possível... Não podemos negligenciar nenhuma hipótese... Ele saía com frequência à caça de vozes?

– Duas ou três noites por semana.

– Sempre sozinho?

– Eu lhe disse que ele não tinha amigos... Chamava essas gravações de documentos humanos...

– Ele fez muitas?

– Talvez uma centena ou até mais... De tempo em tempo as escutava, apagava as menos interessantes... A que horas acredita que amanhã...

– Vou avisar o hospital... Depois das oito, em todo caso...

– Poderei mandar trazer o corpo para cá?

– Não imediatamente...

O pai compreendeu e o aspecto do seu rosto ficou ainda mais grave, como se ele imaginasse a autópsia.

– Desculpe-me, sr. comissário, mas eu...

Ele não aguentava mais. Tinha necessidade de ficar a sós ou talvez de juntar-se à mulher, talvez de chorar ou de gritar no silêncio palavras sem nexo.

Disse, como para si mesmo:

– Não sei a que horas Minou vai voltar...

– Quem é...?

– A irmã dele... Tem apenas dezoito anos, mas vive como quer... Suponho que tem uma capa...

A camareira apareceu quando eles se dirigiam ao vestiário, ajudou Maigret a vestir o sobretudo molhado e estendeu-lhe o chapéu.

Ele desceu a escada, atravessou a pequena porta do prédio e ficou ali um bom momento, vendo a chuva cair. O vento parecia um pouco menos forte, as rajadas de chuva menos furiosas. Não havia ousado pedir permissão para telefonar chamando um táxi.

Com os ombros encolhidos, atravessou a Pont-Marie, pegou a estreita Rue Saint-Paul e, junto da estação de metrô dessa rua, achou por fim um táxi estacionado.

– Boulevard Richard-Lenoir...

– Certo, chefe...

O motorista o conhecia e não protestou por ser uma corrida muito curta. Levantando a cabeça ao descer do carro, viu a luz acesa na janela do seu apartamento. Quando escalou o último lance da escada, a porta se abriu.

– Não pegou um resfriado?

– Acho que não.

– Tenho água quente para preparar um grogue... Sente-se... Deixe-me retirar esses sapatos.

As meias estavam encharcadas. Ela foi buscar as pantufas.

– Pardon nos contou, a mim e à mulher dele, o que houve... Como é que os pais reagiram?... Por que foi você que...?

– Não sei.

Ele se envolvera nesse caso maquinalmente, quase porque tropeçara nele, porque lhe lembrava muitos anos passados nas ruas de Paris à noite.

– Eles não assimilaram de imediato... Agora é que os dois devem estar prostrados...

– São jovens?

– O homem deve ter pouco mais de 45 anos, a meu ver, menos de cinquenta pelo menos. Quanto à mulher, mal parece ter quarenta anos e é muito bonita... Conhece os perfumes Mylène?

– Claro. Todo mundo...

– Pois bem, são deles.

– São muito ricos. Possuem um castelo em Sologne, um iate em Cannes e dão festas deslumbrantes.

– Como sabe?

– Esqueceu que passo horas a esperá-lo e que leio às vezes as fofocas dos jornais?

Ela despejou rum num copo, pôs açúcar, deixou a colher dentro para que o copo não rachasse e acrescentou água quente.

– Uma rodela de limão?

– Não.

Tudo parecia pequeno e estreito ao redor dele. Olhava a sala como alguém que volta de uma longa viagem.

– Em que está pensando?

– Como você disse, eles são muito ricos... Moram em um dos apartamentos mais suntuosos que já vi... Voltavam do teatro, ainda cheios de entusiasmo... Viram-me sentado no fundo do vestíbulo... a camareira lhes disse em voz baixa quem eu era...

– Tire essas roupas molhadas...

Afinal, não era melhor aqui? Pôs o pijama, foi escovar os dentes e quinze minutos depois, um pouco zonzo por causa do grogue, deitou-se junto da sra. Maigret.

– Boa noite – ela disse, aproximando o rosto do dele.

Ele a beijou, como fazia há tantos anos, e murmurou:

– Boa noite...

– Como de costume?

Isso significava:

– Acordo-o às sete e meia como de costume, com o café.

Respondeu com um sim já indeciso, pois o sono se abatera subitamente sobre ele. Não sonhou. Ou, se sonhou, não conseguiu lembrar. Quando acordou já era de manhã.

Enquanto bebia o café, sentado na cama, e a mulher abria as cortinas, tentou ver através das frestas da veneziana.

– Continua chovendo?

– Não. Mas, pela maneira como os homens estão com as mãos enterradas nos bolsos, ainda não é primavera, apesar do calendário...

Era 19 de março. Uma quarta-feira. Seu primeiro cuidado, assim que vestiu o roupão, foi telefonar ao hospital Saint-Antoine, e ele teve a maior dificuldade do mundo para entrar em contato com alguém da administração.

– Sim... Gostaria que ele fosse colocado num quarto particular... Sei muito bem que ele morreu, mas não é uma razão para que os pais tenham de ir vê-lo no subsolo... Eles estarão aí dentro de uma ou duas horas... Depois da visita o corpo será transferido ao Instituto Médico Legal... Sim, não se preocupe... A família pagará... Certo, eles preencherão todas as fichas que quiser...

Sentou-se diante da mulher e comeu dois croissants enquanto bebia mais uma xícara de café e olhava maquinalmente para a rua. Ainda havia nuvens baixas, mas sem a cor ameaçadora da véspera. O vento continuava forte e sacudia os ramos das árvores.

– Tem alguma ideia do...

– Sabe muito bem que nunca tenho ideia...

– E se tiver não me dirá... Não achou Pardon muito abatido?

– Notou isso também?... Está não apenas fatigado, mas pessimista... Ontem ele falou da sua profissão como nunca havia falado.

Às nove horas ele estava no escritório e ligou para a delegacia do 11º *arrondissement.*

– Aqui é Maigret... É você, Louvelle?

Havia reconhecido a voz.

– Suponho que esteja telefonando por causa do gravador.

– Sim. Está com ele?

– Demarie o trouxe para cá. Achei que a chuva o tivesse danificado, mas o fiz funcionar... Pergunto-me por que o rapaz registrou essas conversas...

– Pode me enviar o aparelho ainda hoje de manhã?

– Junto com o relatório, que será datilografado em poucos minutos.

Correspondência. Papelada. Esquecera de dizer a Pardon, na noite de ontem, que ele também sentia-se esmagado pela papelada administrativa.

Foi depois à reunião matinal na sala do diretor. Contou em poucas palavras o que acontecera na véspera, pois, como Gérard Batille era uma pessoa conhecida, o caso podia ter repercussão.

De fato, ao voltar para a sua sala, deparou com um grupo de jornalistas e fotógrafos.

– É verdade que o senhor quase assistiu a um homicídio?

– Simplesmente cheguei bem depressa ao local porque me encontrava muito próximo.

– Esse rapaz, Antoine Batille, é mesmo o filho do Batille dos perfumes?

Como é que a imprensa já estava sabendo? A notícia vazara através da delegacia?

– A zeladora afirma...

– Que zeladora?

– A do Quai d'Anjou...

Ele nem sequer a vira. Não lhe dissera seu nome nem sua função. Na certa a camareira havia falado.

– Foi o senhor que deu a notícia aos pais, não foi?

– Sim.

– Qual foi a reação deles?

– A de um homem e de uma mulher a quem anunciam que seu filho acaba de ser morto...

– Eles têm alguma suspeita?

– Não.

– Acha que pode ser um caso político?

– Com certeza não.

– Seria uma história de amor?

– Creio que não.

– Não houve roubo, não é mesmo?

– Não...

– E então?

– Então nada, senhores. O inquérito está apenas começando e, quando houver resultados, eu lhes comunicarei.

– O senhor viu a garota?

– Que garota?

– Minou... A filha dos Batille... Parece que ela é famosa em certos ambientes estranhos...

– Não a vi, não...

– Ela anda com uns tipos curiosos...

– Estou sabendo disso por vocês, mas o inquérito não é a respeito dela.

– Nunca se sabe, não é?...

Ele os afastou, entrou na sua sala e fechou a porta. Depois de encher um cachimbo diante da janela, abriu a porta da sala dos inspetores. Ainda não estavam todos lá. Uns telefonavam, outros batiam a máquina seu relatório.

– Está ocupado, Janvier?

– Mais dez linhas a datilografar, chefe, estou no final da minha história...

– Depois venha até aqui.

Enquanto esperava, telefonou para o médico-legista que sucedera ao seu velho amigo, dr. Paul.

– O corpo lhe será enviado no final da manhã... É urgente, sim, menos pelo que espero da autópsia do que pela impaciência dos pais... Procure cortá-lo o menos possível... Sim... isso mesmo, vejo que compreende... Uma boa parte dos notáveis de Paris vai desfilar diante do corpo... Já estou com os jornalistas no corredor...

A primeira coisa a fazer era ir à Rue Popincourt. Na véspera, Gino Pagliati não tivera tempo de dizer muita coisa, e sua mulher, por assim dizer, não abrira a boca. Depois havia o tal Jules e os três outros jogadores de cartas. Por fim, Maigret lembrou-se da silhueta da velha que avistara numa janela.

– O que faremos, chefe? – perguntou Janvier ao entrar na sala.

– Há algum carro livre no pátio?

– Acho que sim.

– Leve-me até a Rue Popincourt... Perto da Rue du Chemin-Vert.

Sua mulher tinha razão e ele percebeu enquanto esperava o carro no meio do pátio: fazia um frio de inverno.

CAPÍTULO II

MAIGRET NOTOU QUE O próprio Janvier estava um pouco surpreso com a importância dada ao caso. Toda noite há um certo número de pessoas esfaqueadas em Paris, sobretudo nos bairros populosos, e normalmente os jornais só teriam dedicado umas poucas linhas ao crime da Rue Popincourt, na seção policial.

Jovem esfaqueado

> *Um jovem de 21 anos, Antoine B..., estudante, foi atacado com vários golpes de faca quando passava na terça-feira à noite, por volta das dez e meia, na Rue Popincourt. Aparentemente o crime foi cometido por um vadio, que pela aproximação de um casal de comerciantes do bairro teria sido impedido de roubar a vítima. Antoine B... morreu ao chegar no hospital Saint-Antoine.*

Só que Antoine B... chamava-se Batille e morava no Quai d'Anjou. Seu pai era um homem conhecido que pertencia à alta sociedade de Paris, e quase todo mundo conhecia os perfumes Mylène.

O pequeno carro preto da Polícia Judiciária passou pela Place de la République e Maigret viu-se no seu bairro, uma rede de ruas estreitas, populosas, delimitadas pelo Boulevard Voltaire, de um lado, e pelo Boulevard Richard-Lenoir, do outro.

Ele e a mulher atravessavam a pé essas pequenas ruas sempre que iam jantar na casa dos Pardon, e seguidamente a sra. Maigret fazia compras na Rue du Chemin-Vert.

Era no Gino, como diziam familiarmente, que ela comprava não apenas massas, mas mortadela, presunto de Milão e azeite de oliva em grandes latas douradas. As lojas eram estreitas, compridas, mal-iluminadas. Hoje, por causa das nuvens baixas, as lâmpadas estavam acesas quase em toda parte, criando uma falsa claridade que dava aos rostos o aspecto de personagens de cera.

Muitas senhoras idosas. Muitos homens de certa idade também, solitários, com uma sacola de feira na mão. Rostos resignados. Alguns se detinham às vezes e levavam a mão ao coração, esperando o fim de um espasmo.

Mulheres de todas as nacionalidades, com uma criancinha nos braços, um garoto ou uma garota agarrados a seu vestido.

– Estacione aqui e venha comigo...

Ele começou pelos Pagliati. Havia três fregueses na mercearia e Lucia estava atarefada.

– Meu marido está nos fundos... Basta empurrar a porta.

Gino estava preparando raviólis sobre uma longa chapa de mármore enfarinhada.

– Ora! é o comissário... Achei mesmo que viria.

Tinha a voz sonora, o rosto naturalmente sorridente.

– É verdade que o pobre rapaz morreu?

A notícia ainda não estava nos jornais.

– Quem lhe disse?

– Um jornalista que esteve aqui há dez minutos... Ele me fotografou e o meu retrato vai sair no jornal...

– Quero que me repita o que disse ontem à noite, com o máximo de detalhes possível... Você voltava da casa do seu cunhado e da sua cunhada...

– ...que está esperando um bebê, sim... Na Rue de Charonne... Só tínhamos um guarda-chuva para nós dois, pois, quando andamos na rua, Lucia sempre me dá o braço...

"O senhor se lembra da chuva que caía, da tempestade. Várias vezes achei que o guarda-chuva fosse virar pelo avesso e resolvi segurá-lo diante de nós como um escudo.

"Isso explica que eu não o tenha visto antes..."

– Quem?

– O assassino... Ele devia estar andando à nossa frente, a uma certa distância, mas eu só estava preocupado em nos proteger da chuva e em não pisar nas poças d'água... É possível também que ele estivesse sob uma marquise...

– E na hora em que o viu...?

– Ele já estava adiante do Chez Jules, cujas luzes ainda estavam acesas.

– Pôde observar como estava vestido?

– Falei disso ontem com a minha mulher... Nós dois achamos que ele usava uma capa impermeável clara, com um cinto... Andava com um passo ágil, muito rápido.

– Parecia seguir o jovem com a jaqueta?

– Andava mais depressa do que ele, como para alcançá-lo ou ultrapassá-lo.

– A que distância vocês estavam dos dois homens?

– Uns cem metros, talvez... Posso ir lhe mostrar...

– O que andava à frente não se virou?

– Não... O outro o alcançou... Vi seu braço levantar-se e abaixar-se... Não percebi a faca... Ele desferiu dois ou três golpes e o jovem da jaqueta caiu para a frente, na calçada... O assassino andou alguns passos em direção à Rue du Chemin-Vert, depois retornou... Deve ter nos visto, pois estávamos a não mais de sessenta metros... Mesmo assim ele se inclinou e deu mais duas ou três facadas...

– Não o perseguiu?

– Sabe, sou bastante gordo e sofro de enfisema. Para mim não é fácil correr...

Ele corou, embaraçado.

– Apressamos o passo, mas ele se afastou e desapareceu na esquina.

– Ouviu um ruído de motor de carro sendo acionado?

– Acho que não... Não percebi.

Maquinalmente, sem que Maigret tivesse necessidade de pedir, Janvier estenografava essa conversa.

– Quando chegou perto do ferido...?

– O senhor o viu tal como o deixei. A jaqueta estava rasgada em vários pontos e via-se o sangue correr. Logo pensei num médico e corri para a casa do dr. Pardon, recomendando a Lucia que ficasse ali.

– Por quê?

– Não sei... Achei que ele não devia ser deixado completamente só...

– Sua mulher não lhe disse nada quando voltou?

– Coincidentemente, ninguém passou por ali.

– O ferido não falou?

– Não... Respirava com dificuldade, com gorgolejos no peito... Lucia poderá lhe dizer... Agora é o momento em que ela está mais ocupada...

– Lembra-se de algum outro detalhe?

– Nenhum... Eu lhe disse tudo o que sei...

– Eu lhe agradeço, Gino...

– Como vai a sra. Maigret?

– Muito bem, obrigado.

Uma passagem ao lado conduzia a um pátio onde um soldador trabalhava na sua oficina envidraçada. Por toda parte, no bairro, havia pátios como esse, becos sem saída. Por toda parte trabalhavam pequenos artesãos.

Eles atravessaram a rua e, um pouco mais adiante, Maigret empurrou a porta do Chez Jules. O pequeno bar era quase tão escuro de dia quanto de noite, e a luminária estava acesa. Um homem gordo, cuja camisa aparecia entre a calça e o colete, apoiava os cotovelos no balcão. Tinha a pele corada, a nuca espessa, uma papada que parecia um bócio.

– O que vai beber, sr. Maigret? Um vinho branco? É da vinícola do meu primo que...

– Dois – disse Maigret, apoiando-se também no balcão.

– Hoje o senhor não é o primeiro...

– Um jornalista, eu sei...

– Tirou uma foto assim como estou agora, com uma garrafa na mão... O senhor já conhece o Lebon... Trabalhou trinta anos no serviço de limpeza de ruas... Então sofreu um acidente e agora recebe uma pensão, mais uma pequena ajuda por conta do olho... Ele estava aqui ontem à noite...

– Vocês eram quatro a jogar cartas, não é mesmo?

– Jogávamos bridge... Sempre os mesmos, toda noite, exceto aos domingos. No domingo eu fecho.

– Você é casado?

– A patroa está lá em cima, inválida...

– A que horas o rapaz entrou?

– Cerca de dez da noite.

Maigret deu uma espiada no relógio pendurado à parede.

– Não repare, está vinte minutos adiantado... Primeiro empurrou a porta uns vinte centímetros, como para avaliar o tipo de lugar... A partida estava animada... O açougueiro ganhava e, quando ganha, começa a contar vantagem, como se só ele soubesse jogar...

– Ele entrou e...?

– Perguntei-lhe, de onde eu estava, o que desejava beber e, depois de hesitar, ele murmurou:

"– Tem conhaque?

"Esperei até jogar as quatro cartas que tinha na mão e fui para trás do balcão. Ao servi-lo, notei uma espécie de caixa preta, triangular, que ele trazia junto ao peito, pendurada ao pescoço por uma tira, e disse a mim mesmo que devia ser uma máquina fotográfica... Às vezes os turistas se perdem por aqui, mas é raro.

"Voltei ao meu lugar na mesa... Baboeuf distribuiu as cartas... O jovem não parecia ter pressa... Também não se interessou pela nossa partida..."

– Parecia estar preocupado?

– Não.

– Não se virou para a porta como se esperasse alguém?

– Não notei.

– Ou como se tivesse medo de ver surgir alguém?

– Não. Ficou de pé, com um cotovelo apoiado no balcão e, de quando em quando, molhava os lábios no copo.

– Que impressão teve dele?

– Bem, ele estava molhado... Com a jaqueta e os cabelos compridos, assemelhava-se a alguns jovens como vemos tantos hoje em dia.

"Jogávamos como se ele não estivesse ali, e Baboeuf estava cada vez mais excitado porque todas as cartas boas lhe caíam nas mãos.

"– Você faria melhor se fosse ver o que sua mulher anda fazendo – gracejou Lebon.

"– Ocupe-se da sua, que é jovenzinha e...

"Por um momento achei que os dois fossem se estapear... Mas logo se acalmaram, como sempre, Baboeuf jogou o ás.

"– O que me diz disso?...

"Foi então que Lebon, que estava sentado ao meu lado, me deu uma cotovelada nas costelas para me indicar com o olhar o freguês de pé diante do balcão. Olhei sem compreender. Ele parecia estar rindo sozinho... Não é verdade, François?... Aí você me disse em voz baixa:

"– Há pouco..."

E o próprio François Lebon, que estava com Jules no bar, prosseguiu:

– Notei um movimento da mão no aparelho... Tenho um sobrinho que ganhou um treco parecido no Natal e se diverte gravando o que seus pais dizem... O rapaz parecia muito ajuizado, diante do seu copo, mas escutava tudo o que dizíamos enquanto a fita girava...

– Eu me pergunto – retomou Jules – o que ele esperava fazer disso...

– Nada... Como o meu sobrinho... Ele grava pelo prazer de gravar, depois esquece... Certa vez fez os pais ouvirem uma de suas discussões e meu irmão por pouco não quebrou o aparelho...

"– Se eu te pegar de novo fazendo isso, moleque...

"Baboeuf também ficaria furioso se lhe fizessem ouvir suas gabolices de ontem..."

– Quanto tempo o jovem ficou aqui?

– Pouco menos de meia hora.

– Bebeu só uma dose?

– Sim... Inclusive deixou um resto de conhaque no fundo do copo.

– Então saiu e não ouviram mais nada?

– Nada. Somente o vento e a água jorrando pela calha na calçada...

– Veio algum outro freguês antes dele?

– À noite, sabe, deixo o bar aberto apenas para a partida, pois são raros os fregueses... Só há movimento de manhã, para o café, os croissants ou o copo de vinho...

Por volta das dez e meia vêm operários, no intervalo do trabalho, quando há uma obra no bairro... E depois para o aperitivo do meio-dia e do fim da tarde...

– Eu lhe agradeço.

Também aqui Janvier estenografou a conversa, e o dono do boteco não cessava de lhe dirigir breves olhares.

– Ele não me disse nada de novo – suspirou Maigret. – Apenas confirmou o que eu já sabia.

Tornaram a entrar no carro. Algumas mulheres os olhavam, pois já sabiam quem eles eram.

– Aonde vamos, chefe?

– De volta ao escritório...

As duas visitas na Rue Popincourt não haviam sido inúteis. Ele tinha o relato da agressão, pelo napolitano. O agressor de Antoine Batille desferira vários golpes e começava a se afastar quando, por uma razão misteriosa, voltou atrás, apesar da presença do casal um pouco distante na calçada... Seria para acabar de matar a vítima antes de sair correndo?

Vestia uma capa clara com um cinto, era tudo o que se sabia dele. Assim que chegou na sua sala no Quai des Orfèvres, onde reinava um calor suave, Maigret ligou para a mercearia dos Pagliati.

– Posso ter uma palavrinha com seu marido?... Aqui é Maigret.

– Vou chamá-lo, sr. comissário.

E a voz de Gino:

– Alô... Estou escutando...

– Diga-me... Há uma pergunta que esqueci de fazer... O assassino usava chapéu?

– Um jornalista acaba de me perguntar a mesma coisa... É o terceiro esta manhã... Precisei interrogar a patroa... Ela é como eu, não ousa afirmar nada... Mas está quase certa de que ele usava um chapéu escuro. O senhor sabe, foi tudo muito rápido...

A capa clara, com cinto, parecia indicar um homem bastante jovem, ao passo que o chapéu lhe dava provavelmente alguns anos mais. De fato, poucos jovens ainda usam chapéu.

– Diga-me, Janvier, você sabe como funciona esta maquininha?

Ele, Maigret, nada entendia de gravadores, tampouco de máquinas fotográficas ou automóveis, razão pela qual sua mulher é que dirigia. Era mesmo quase incapaz, à noite, de trocar o canal da televisão.

– O meu filho tem uma igual...

– Cuidado para não apagar a gravação...

– Não se preocupe, chefe.

Janvier sorria, apertando botões. Ouviram-se trechos de conversas, ruídos de garfos e pratos, vozes confusas ao longe.

– E a senhora o que vai querer?...

– Vocês fazem bife na chapa?

– Claro, senhora.

– Quero um com bastante cebola e picles...

– Você sabe o que o médico lhe disse... Sem vinagre...

– Salta um bife na chapa com cebola e picles... Vai querer salada também?

A gravação estava longe de ser perfeita e havia sempre um ruído de fundo que impedia de distinguir bem cada palavra.

Um silêncio. Depois um suspiro, bastante distinto.

– Você não se cuida mesmo. Esta noite vai ter que se levantar para tomar bicarbonato de sódio...

– Como sabe que eu me levanto?... Afinal, você continua mesmo roncando...

– Eu não ronco...

– Ronca, sim, principalmente quando exagera um pouco no vinho como vai fazer esta noite...

– *Um bife no ponto!... Trago em seguida o que a senhora pediu...*

– *Em casa você raramente bebe vinho...*

– *Não estamos em casa...*

Ouviu-se o ruído de líquido despejado num copo. Uma voz falou:

– *Garçom! Garçom! Quando é que vai poder nos atender?*

Depois o silêncio, como se a gravação tivesse sido interrompida. Seguia-se uma voz neutra pronunciando com nitidez, pois desta vez alguém falava diante do microfone:

– *Brasserie Lorraine, Boulevard Beaumarchais.*

Era quase com certeza a voz de Antoine Batille, que indicava assim onde a gravação fora feita. Na certa ele jantara no Boulevard Beaumarchais e discretamente acionara o gravador. O garçom provavelmente se lembrava dele. Era fácil de verificar.

– Daqui a pouco você irá até lá – disse Maigret. – Ligue outra vez o aparelho.

Ruídos curiosos, primeiro na rua, pois se ouviam carros passando. Maigret perguntou-se por algum tempo o que o jovem procurava gravar, até compreender que eram os ruídos da água na sarjeta e nas calhas. O som era difícil de identificar, mas de repente a situação mudou e estava-se de novo num lugar público, um café ou um bar, no qual havia uma certa animação.

– *O que foi que ele disse?*

– *Que estava OK.*

Vozes abafadas, no entanto bastante distintas.

– *Você foi até lá, Mimile?*

– *Lucien e Gouvion se revezam... Com um tempo desses...*

– *E o carango?*

– *Como de costume...*

– Não acha que é um pouco perto demais?

– Perto de quê?

– De Paris...

– Como ele só vai lá na sexta-feira...

Copos, taças, mais vozes. Depois o silêncio.

– Gravado no Café des Amis, Place de la Bastille.

Não era longe do Boulevard Beaumarchais, também não muito longe da Rue Popincourt. Batille não se demorava, certamente para não se fazer notar, e tornara a partir na chuva para um novo local.

– E a sua mulher?... É fácil falar das outras, mas faria melhor se observasse o que se passa na sua casa...

Deve ter sido o açougueiro, no carteado do Chez Jules.

– Não se meta na minha vida, é um bom conselho que lhe dou... Não é porque está ganhando que...

– Estou ganhando porque não baixo meus trunfos como um imbecil...

– Parem os dois com isso!...

– Foi ele que começou...

Se as vozes fossem mais agudas, poderia-se pensar que fosse uma discussão entre garotos.

– Vamos jogar, certo?

– Não jogo com um sujeito que...

– Ele falou por falar, sem visar ninguém em especial...

– Se é assim, que ele diga...

Silêncio.

– Está vendo?... Ele prefere se calar...

– Eu me calo porque você é muito idiota... E olhe, aqui está o meu ás!... Isso fecha a sua boca, não?

O som era ruim. Os que falavam estavam muito longe do microfone e Janvier precisou repassar três vezes o trecho da fita. A cada vez distinguiam-se mais uma ou duas palavras.

Batille dizia por fim:

– *Chez Jules, um pequeno bar da Rue Popincourt...*

– É tudo?

– Sim.

O resto da fita estava virgem. Batille deve ter pronunciado as últimas palavras na calçada, poucos momentos antes de ser atacado pelo desconhecido.

– E as duas outras fitas?

– São virgens. Ainda estão com a embalagem original. Presumo que ele esperava usá-las mais tarde...

– Nada lhe chamou a atenção?

– Na conversa no Café des Amis?

– Sim... Retorne a essa passagem.

Janvier registrou-a, estenografando. Depois repetiu algumas frases que pareciam ganhar, à medida que as ouviam, um sentido mais preciso.

– Parece que eram pelo menos três...

– Sim.

– Além dos dois que mencionaram, Gouvion e Lucien... Pouco mais de meia hora após essa gravação, Antoine era atacado, na Rue Popincourt.

– Só que não lhe retiraram o gravador...

– Talvez por causa dos Pagliati, que se aproximavam...

– Esqueci uma coisa. Ontem à noite, na Rue Popincourt, avistei uma velha numa janela do segundo andar, mais ou menos defronte ao local onde a agressão ocorreu...

– Compreendi, chefe... Quer que eu vá até lá em seguida?

Ao ficar sozinho na sala, Maigret foi postar-se diante da janela. Os Batille deviam ter ido ao hospital Saint-Antoine e o médico-legista não tardaria a examinar o corpo.

Maigret ainda não tinha visto a irmã do morto, que a família chamava Minou e que, ao que diziam, tinha algumas amizades curiosas.

As barcaças deslizavam lentamente nas águas cinzas do Sena e os rebocadores baixavam a chaminé ao passar sob a Pont Saint-Michel.

O terraço, durante o inverno, era protegido por divisórias envidraçadas e aquecido por dois braseiros. Em volta do balcão em forma de ferradura, a sala era bastante ampla, com mesas minúsculas e cadeiras do tipo das que à noite se encaixam umas nas outras.

Maigret sentou-se junto a uma coluna e, quando um dos garçons passou por perto, pediu uma cerveja. Com um ar ausente, ele olhava os rostos ao redor. O público era bastante heterogêneo. De pé, junto ao balcão, viam-se principalmente homens com aventais azuis de trabalho ou velhos que vinham beber um vinho tinto.

Quanto aos outros, os que estavam sentados, havia de tudo: uma mulher vestida de preto, com duas crianças e uma mala, como numa sala de espera de estação ferroviária; um casal de namorados de mãos dadas e trocando olhares apaixonados; rapazes de cabelos compridos que riam seguindo com os olhos a atendente e lhe dirigiam gracejos sempre que ela passava por perto.

Pois, além dos dois garçons do café, havia uma atendente de rosto particularmente feio. Com seu vestido preto e um avental branco, era magra, curvada pela fadiga, e só com dificuldade conseguia sorrir vagamente aos fregueses.

Homens e mulheres bem-vestidos, outros nem tanto. Alguns comiam um sanduíche enquanto bebiam um café ou um copo de cerveja. Outros tomavam um aperitivo.

O patrão estava no caixa, vestido de preto, camisa branca e gravata preta, cabelos castanhos penteados com cuidado mas cobrindo insuficientemente a calvície.

Via-se que ali era o seu posto e que estava atento a tudo o que se passava no estabelecimento. Acompanhava com os olhos as idas e vindas dos dois garçons e da atendente, vigiando ao mesmo tempo o empregado que punha as garrafas e os copos nas bandejas. Toda vez que recebia um pagamento, pressionava uma tecla da caixa registradora e um número aparecia no mostrador.

Na certa trabalhava no ramo há muito tempo e é provável que tivesse começado como garçom. Maigret descobriu mais tarde, quando foi ao sanitário, que havia embaixo uma segunda sala menor, de teto baixo, onde havia alguns fregueses.

Ali ninguém jogava cartas nem dominós. Era um lugar de passagem e os clientes habituais deviam ser raros. Os que permaneciam bastante tempo à mesa faziam hora para um encontro marcado no bairro.

Maigret acabou por levantar-se e dirigiu-se até o caixa, sem muita esperança de ser bem acolhido.

– Desculpe-me, senhor...

E estendeu discretamente o distintivo na palma da mão.

– Comissário Maigret, da Polícia Judiciária.

Os olhos do patrão conservavam a expressão de desconfiança, a mesma que tinha em relação aos garçons e aos consumidores que entravam e saíam.

– O que deseja?

– Estava aqui ontem, por volta das nove e meia da noite?

– Eu estava deitado. À noite é minha mulher que toma conta do caixa.

– Os garçons eram os mesmos?

Ele continuava a segui-los com os olhos.

– Sim.

– Gostaria de fazer duas ou três perguntas a eles sobre clientes que eles podem ter observado.

Os olhos negros o fixavam, pouco encorajadores.

– Só recebemos pessoas distintas e os garçons estão muito ocupados neste momento...

– Não precisarei mais de um minuto com cada um deles... A atendente também estava?

– Não... À noite há menos gente... Jérôme!...

Um dos garçons logo se deteve diante do caixa, com a bandeja na mão. O patrão virou-se para Maigret.

– Vamos!... Faça a sua pergunta...

– Por acaso observou, ontem à noite, por volta de nove e meia, um cliente bastante jovem, 21 anos, vestindo uma jaqueta marrom e com um gravador a tiracolo?

O garçom olhou primeiro para o patrão, depois para Maigret e sacudiu a cabeça.

– Conhece um cliente chamado familiarmente de Mimile?

– Não.

Quando foi a vez do segundo garçom, os resultados não foram melhores. Eles hesitavam em responder, como se tivessem medo do patrão, e era difícil saber se estavam sendo sinceros. Decepcionado, Maigret voltou para a sua mesa e pediu mais um copo de cerveja. Foi nesse momento que desceu até o toalete e descobriu, embaixo, um terceiro garçom, mais jovem do que os dois de cima.

Decidiu sentar-se ali e pedir uma bebida.

– Diga-me, você às vezes trabalha no térreo?

– Três em cada quatro dias... Cada um faz um turno aqui em baixo.

– E ontem à tardinha?...

– Eu estava em cima.

– À noite também? Por volta das nove e meia?

– Até o fechamento, às onze. Fechamos cedo porque, com o tempo que fazia, não havia muita gente.

– Por acaso observou um jovem de cabelos bastante compridos, vestindo uma jaqueta de couro, que tinha um gravador pendurado ao pescoço?

– Então era um gravador?

– Você reparou nele?

– Sim... Ainda não é a temporada dos turistas... Achei que fosse uma máquina fotográfica como as que os americanos usam... Depois houve a pergunta de um freguês...

– Que freguês?

– Eram três na mesa vizinha. Quando o jovem saiu, um deles o acompanhou com os olhos, parecendo descontente, preocupado. Ele me chamou:

"– Ei, Toto!...

"Claro que não me chamo Toto, mas é uma alcunha que alguns se dão, sobretudo neste bairro.

"– Que foi que aquele cara bebeu?

"– Um conhaque.

"– Notou se ele usou o seu aparelho?

"– Não o vi tirar fotos...

"– Que fotos nada!... Era um gravador, idiota... Já tinha visto esse cara?

"– Foi a primeira vez...

"– E a mim?

"– Acho que o servi umas duas ou três vezes...

"– Tá bom... Sirva-nos a mesma coisa..."

O garçom se afastou, pois um freguês batia na mesa com uma moeda para chamar sua atenção. O freguês pagou. O garçom devolveu-lhe o troco e o ajudou a vestir o sobretudo.

Depois voltou para perto de Maigret.

– Você disse que eram três?

– Sim. O que me xingou e parecia ser o mais importante devia ter uns 35 anos, corpo de professor de educação física, cabelos castanhos, olhos negros e sobrancelhas espessas.

– É verdade que ele veio apenas duas ou três vezes?

– Só o vi essas vezes...

– E os outros?

– O de rosto vermelho com uma cicatriz costuma circular pelo bairro e entra para beber um copo de rum no balcão...

– E o terceiro?

– Ouvi que os companheiros o chamavam de Mimile... Esse eu conheço de vista e sei onde mora... Faz molduras numa loja na Faubourg-Saint-Antoine, quase na esquina da Rue Trousseau... A Rue Trousseau é a minha rua...

– Ele vem com frequência aqui?

– Algumas vezes, não se pode dizer com frequência.

– Com os outros dois?

– Não... Com uma loira que parece ser do bairro também, uma vendedora ou algo parecido...

– Eu lhe agradeço. Há alguma outra coisa que queira me dizer?

– Não... Se eu lembrar, ou se eu os vir de novo...

– Nesse caso, telefone para a Polícia Judiciária. Procure a mim ou, na minha ausência, a um dos meus colaboradores... Como você se chama?

– Julien... Julien Blond... Meus colegas me chamam Blondinet, porque sou o mais moço... Quando tiver a idade deles, espero ter outra profissão...

Maigret estava muito perto de casa para ir almoçar na Brasserie Dauphine. Quase lamentou. Teria gostado de levar Janvier até lá e colocá-lo a par das descobertas que acabara de fazer.

– Descobriu alguma coisa? – perguntou-lhe a mulher.

– Ainda não sei se é interessante. Convém investigar em todas as direções...

Às duas da tarde, ele reunia na sala três dos seus inspetores favoritos, Janvier, Lucas e o jovem Lapointe, que certamente continuaria a ser chamado assim quando tivesse cinquenta anos.

– Janvier, volte a passar a fita, por favor. Vocês dois escutem bem.

Lucas e Lapointe aguçaram o ouvido assim que começou a gravação feita no Café des Amis.

– Estive lá há pouco. Sei a profissão e o endereço de um dos três homens que estavam reunidos em volta de uma mesinha e conversavam a meia-voz... O tal Mimile é um moldureiro cuja loja fica na Rue du Faubourg-Saint-Antoine, duas ou três casas antes da Rue Trousseau...

Maigret não ousava se alegrar demais. A seu ver, seria um pouco precipitado.

– Vocês dois farão vigilância perto da loja do moldureiro. Tratem de se revezar, esta noite, com dois colegas... Se Mimile sair, alguém deve segui-lo, de preferência os dois... Se ele se encontrar com alguém, um de vocês ficará na cola deste... A mesma coisa se um sujeito que não tiver a aparência de um freguês vier à loja... Ou seja, quero saber com quem ele poderia entrar em contato.

– Certo, chefe.

– Quanto a você, Janvier, procure nos arquivos fotos de homens de cerca de 35 anos, musculosos, bonitões, cabelos castanhos, sobrancelhas espessas e olhos negros... Lá deve haver alguns, mas trata-se de alguém que não se esconde, que talvez nunca tenha sido condenado ou que já cumpriu pena...

Ao ficar sozinho na sala, ele ligou para o Instituto Médico Legal. O dr. Desalle atendeu.

– É Maigret! Terminou a autópsia, doutor?

– Há uma meia hora. Sabe quantas facadas o rapaz recebeu?... Sete... Todas nas costas... Todas mais ou menos na altura do coração, no entanto o coração não foi atingido...

– A faca?

– Eu ia dizer... A lâmina não é larga, mas longa e pontuda... Na minha opinião, trata-se de uma dessas facas suecas cuja lâmina salta quando se pressiona um botão...

"Só um dos ferimentos foi mortal, o que perfurou o pulmão direito e causou uma hemorragia fatal..."

– Observou mais alguma coisa?

– O rapaz tinha um corpo saudável, não muito atlético... Tipo intelectual que não pratica muito exercício... Todos os outros órgãos em excelente estado... Ainda que o sangue contivesse uma certa quantidade de álcool, não estava bêbado... Deve ter bebido duas ou três doses do que presumo ser conhaque...

– Eu lhe agradeço, doutor.

– Receberá o meu relatório amanhã de manhã.

Restava um trabalho de rotina. O procurador designara um juiz de instrução, o juiz Poiret, ainda jovem, com quem Maigret nunca havia trabalhado. O comissário tinha a impressão de que o pessoal do judiciário, de uns anos para cá, se renovava com uma rapidez desconcertante. Teria ele essa impressão por causa da sua própria idade?

Telefonou para o juiz, que lhe pediu para subir em seguida, se estivesse livre. Ele levou os textos datilografados por Janvier a partir das conversas registradas no gravador.

Poiret só tivera direito a uma das salas antigas. Maigret sentou-se numa cadeira desconfortável.

– Estou feliz de conhecê-lo – disse amavelmente o magistrado, que era alto, loiro, cabelos cortados à escovinha.

– Eu também, sr. juiz... Obviamente vim lhe falar do jovem Batille...

O juiz abriu um jornal vespertino no qual, na primeira página, aparecia uma manchete em três colunas, acompanhada da foto de um jovem que ainda não tinha os cabelos compridos e com um aspecto de ser de "boa família".

– Parece que o senhor viu o pai e a mãe...

– Fui eu quem lhes deu a notícia, sim... Voltavam do teatro, ambos em traje de gala. Acho que cantarolavam ao entrar no apartamento... Raras vezes vi duas criaturas se decomporem tão rapidamente.

– Filho único?

– Não. Tem uma irmã, uma jovem de dezoito anos que não parece muito fácil de controlar...

– Chegou a vê-la?

– Ainda não.

– Como é o apartamento?

– Amplo, rico e, ao mesmo tempo, bem agradável. Tinha móveis antigos, mas não muitos... No geral é moderno, mas sem agressividade.

– Devem ser extremamente ricos – suspirou o juiz de instrução.

– Suponho que sim.

– O jornal faz um relato que considero um tanto romanceado do que se passou...

– Refere-se ao gravador?

– Não. Por quê? Um gravador tem um papel importante?

– Talvez... Ainda não estou certo... Antoine Batille tinha uma paixão: registrar conversas na rua, nos restaurantes, nos cafés... Para ele eram documentos humanos... Levava uma vida bastante solitária e costumava sair atrás desses registros, sobretudo à noite e nos bairros populares.

"Ontem à noite começou por um restaurante do Boulevard Beaumarchais, onde gravou uma discussão de casal...

"Depois foi a um café da Place de la Bastille e aqui está o texto da sua gravação..."

Estendeu a folha ao magistrado, que franziu as sobrancelhas.

– Parece bastante comprometedor, não?

– Trata-se evidentemente de um encontro marcado para quinta à noite, em algum lugar diante de uma casa nos arredores de Paris... Na certa uma residência secundária, pois o proprietário só aparece na sexta-feira e vai embora na segunda de manhã...

– É o que se depreende do texto, sim...

– Para ter certeza de que a casa de campo estará vazia, o bando colocou de vigia dois dos seus homens, que se revezam... Sei também quem é Mimile e tenho o seu endereço...

– Nesse caso...

O juiz parecia dizer que a coisa era fácil, mas o comissário era menos otimista.

– Se é o bando no qual estou pensando... – Maigret começou. – Nos últimos dois anos, um certo número de casas de campo ricas foram roubadas quando o proprietário se achava em Paris... Quase sempre levam quadros e bibelôs de valor... Em Tessancourt, eles não levaram duas telas que eram cópias, o que indica...

– Conhecedores...

– Um conhecedor, pelo menos...

– O que o intriga?

– É que esse pessoal ainda não matou... Não faz o gênero deles...

– Mas pode acontecer, como foi o caso de ontem à noite...

– Suponhamos que eles tenham suspeitado que o gravador registrara a conversa... Seria fácil seguir Antoine Batille, dois deles, por exemplo... Quando ele chegasse numa rua deserta, como a Popincourt, bastaria saltar em cima dele e pegar o aparelho...

O juiz suspirou, contra a vontade.

– De fato...

– Esses ladrões raramente matam, somente em caso de desespero... Eles vêm trabalhando há dois anos sem se deixar pegar... Não temos sequer ideia de como revendem as telas e os objetos de arte... Isso exige pelo menos uma cabeça pensante, um homem que entende de pintura, que tem relacionamentos, que indica os golpes, que deles participa talvez após ter designado a cada um sua tarefa...

"Esse homem, que existe fatalmente, não deixaria os seus cúmplices matarem..."

– Nesse caso, o que pensa que houve?

– Ainda não sei, estou tateando. Sigo a pista, é claro. Dois dos meus inspetores vigiam a loja do moldureiro chamado Mimile... Um outro examina os arquivos, buscando um sujeito de 35 anos com grossas sobrancelhas escuras...

– O senhor me manterá a par?

– Assim que tiver novidades...

Podia-se confiar inteiramente no que disse Gino Pagliati? O napolitano afirmou que o assassino dera várias facadas, andara alguns passos em direção à esquina, depois voltara atrás para desferir mais três facadas.

Isso não fechava bem com a hipótese de um semiprofissional, sobretudo porque ele não pegou o gravador.

Janvier lhe havia entregue um relatório sobre a visita à mulher avistada numa janela do primeiro andar.

Viúva Esparbès, 72 anos. Vive sozinha num apartamento de três peças com cozinha, há dez anos. O marido era militar. Recebe uma pensão e vive bastante confortavelmente, mas sem luxo.

Muito nervosa, afirma que quase não dorme mais e que, sempre que desperta, tem o hábito de escorar a testa contra o vidro da janela.

– É uma mania de velha, sr. inspetor...

– O que a senhora viu ontem à noite? Não tenha medo de entrar em detalhes, mesmo se lhe parecem sem interesse...

– Eu ainda não havia me preparado para dormir... Às dez, como de costume, ouvi o noticiário no rádio... Depois

desliguei o aparelho e fui me instalar à janela... Havia muito eu não via chover tanto e aquilo me trouxe velhas lembranças... Não vem ao caso.

"Por volta das dez e meia, um pouco antes, um jovem que vestia uma jaqueta saiu do pequeno bar defronte e trazia no peito o que me pareceu ser uma máquina fotográfica de formato bastante grande. Fiquei um pouco espantada...

"Quase no mesmo momento, vi um outro jovem..."

– A senhora diz exatamente: jovem?

– Pareceu-me jovem também... Mais baixo do que o primeiro, um pouco mais corpulento, mas não muito. Não notei de onde ele saiu. Com alguns passos rápidos e certamente silenciosos, foi atrás do outro e lhe desferiu vários golpes... Por pouco não abri a janela para gritar que parasse, mas não teria adiantado nada... O jovem já estava no chão... O assassino então inclinou-se e levantou-lhe a cabeça, puxando-o pelos cabelos, para olhá-lo.

– Tem certeza disso?

– Tenho... O poste de luz não estava distante e eu mesma consegui ver vagamente as feições do rapaz...

– E depois?

– O assassino se afastou... mas então voltou atrás, como se tivesse esquecido alguma coisa... Os Pagliati vinham pela calçada, debaixo do guarda-chuva, a uns cinquenta metros... Mesmo assim o homem deu mais três facadas no que estava no chão, depois se afastou correndo...

– Ele dobrou a esquina da Rue du Chemin-Vert?

– Sim... Os Pagliati chegaram, depois... Mas você sabe o resto... Reconheci o dr. Pardon, não sei quem o acompanhava...

– A senhora reconheceria o agressor?

– Não formalmente... Não o seu rosto... Somente a sua silhueta.

– E tem certeza de que era jovem?

– Na minha opinião, não tinha mais do que trinta anos...

– Cabelos compridos?

– Não.

– Bigode? Costeletas?

– Não. Eu teria notado.

– Estava molhado como quem caminhou sob a chuva ou como quem acabou de sair de uma casa...?

– Os dois estavam bem molhados... Bastava ficar pouco tempo na rua para ter a roupa encharcada...

– Usava um chapéu?

– Sim... Um chapéu escuro, provavelmente marrom...

– Eu lhe agradeço.

– Eu disse tudo o que sei, mas, por favor, faça com que não ponham meu nome no jornal. Tenho sobrinhos com bons empregos e eles não gostariam que as pessoas soubessem que moro aqui...

O telefone tocou. Ele reconheceu a voz de Pardon.

– É você, Maigret?... Não estou perturbando?... Não esperava encontrá-lo na sua sala... Tomei a liberdade de telefonar para lhe perguntar se tem novidades...

– Temos uma pista, mas nada garante que seja a certa... Quanto à autópsia, ela confirmou seu diagnóstico... Uma única facada foi mortal, a que perfurou o pulmão direito.

– Acredita que foi um assalto por dinheiro?

– Não sei... Não havia muitos vadios e bêbados nas ruas com aquela chuva... Também não houve briga... Nos dois lugares onde esteve antes de entrar no Chez Jules, o jovem Batille não discutiu com ninguém.

– Obrigado... Compreenda, sinto-me um pouco envolvido no caso... E agora, ao trabalho... Tenho onze pacientes na sala de espera...

– Coragem!...

Maigret sentou-se na sua poltrona, escolheu um cachimbo em cima da mesa e o encheu, com o olhar vago como a paisagem que via pela janela e que a neblina aos poucos invadia.

CAPÍTULO III

Por volta das cinco e meia ele recebeu um telefonema de Lucas.

– Achei que gostaria de ter um primeiro relatório, chefe... Estou num pequeno bar bem defronte à loja do moldureiro... Na verdade, ele se chama Émile Branchu... Há cerca de dois anos se instalou na Rue du Faubourg-Saint-Antoine...

"Parece que veio de Marselha, mas não é certo... Dizem também que foi casado lá, mas que se separou da mulher ou se divorciou...

"Vive sozinho... Uma velha do bairro é responsável pela limpeza da casa, e ele faz a maior parte das refeições num restaurante de fregueses habituais...

"Possui um carro, um Citroën verde, que deixa no estacionamento mais próximo de casa... Sai muito à noite e volta de madrugada, geralmente acompanhado de uma mulher, nunca a mesma... Não o tipo de mulheres que se encontra no bairro ou nas boates da Rue de Lappe... Mulheres do tipo modelos, muito bem-vestidas e com casacos de pele...

"Isso lhe interessa?"

– Claro... Continue...

De todos os seus colaboradores, Lucas era o mais antigo e por isso o tratava com mais intimidade. Lapointe também, mas porque este iniciara muito jovem, e ainda parecia um garoto muito decidido.

– Apareceram apenas três clientes, dois homens e uma mulher. A mulher comprou um espelho com lâmina de aumento num dos lados, pois ele vende também espelhos... Um dos homens trouxe uma foto ampliada para emoldurar e levou um bom tempo para fazer sua escolha...

"O terceiro saiu com um quadro emoldurado debaixo do braço... Pude ver bastante bem o quadro, pois ele veio olhá-lo na vitrine junto à porta envidraçada... É uma paisagem com um rio, uma pintura de amador..."

– Ele não telefonou?

– De onde monto guarda, vejo perfeitamente o aparelho, em cima do balcão... Ele não o utilizou... Mas, quando o garoto que vende jornais passou, veio até a porta para comprar dois jornais diferentes...

– Lapointe continua com você?

– No momento está na rua... Uma porta dos fundos dá não só para o pátio, mas para uma rede de ruelas como existem muitas no bairro... Considerando que ele tem um carro e que poderia utilizá-lo, convém que Lourtie e Neveu, que vão nos revezar, venham também com um carro...

– Certo... Obrigado, meu velho...

Janvier tinha voltado dos arquivos com umas quinze fotos de homens de cabelos castanhos, grossas sobrancelhas e idade aproximada de 35 anos.

– Foi tudo o que encontrei, chefe... Não precisa mais de mim? Hoje é o aniversário de um dos meus garotos e...

– Transmita-lhe os meus parabéns...

Entrou na sala dos inspetores, viu Lourtie e pediu-lhe que fosse de carro até a Rue du Faubourg-Saint-Antoine.

– Onde está Neveu?

– Em alguma parte do prédio... Ele vai voltar...

Maigret nada mais tinha a fazer no Quai e, com as fotos no bolso, desceu até o pátio, cruzou o pórtico da entrada, com um gesto de mão saudou o sentinela e tomou a direção do Boulevard du Palais, onde achou um táxi. Não estava de mau humor, mas tampouco bem-humorado. Podia-se dizer que conduzia esse inquérito sem convicção, como se houvesse algo de falso no ponto de partida, e a todo momento ele voltava à cena que se passara sob a chuva diluviana, na obscuridade da Rue Popincourt.

O jovem Batille, que saía do boteco mal-iluminado, onde quatro homens jogavam cartas... Os Pagliati, debaixo do seu guarda-chuva, ainda distantes na rua... A sra. Esparbès, à sua janela...

E alguém, um homem de trinta anos no máximo, que entrava de repente em cena... Ninguém pôde dizer se ele esperava na entrada de um prédio a saída de Antoine Batille ou se vinha andando também pela calçada... Ele avança precipitadamente alguns metros e então golpeia uma, duas, quatro vezes pelo menos...

Ouve os passos do fabricante de massas e de sua mulher, que estavam a menos de cinquenta metros... Dirige-se para a esquina da Rue du Chemin-Vert e, no momento de dobrar a esquina, volta atrás.

Por que ele se inclinou sobre a vítima e se preocupou apenas em levantar-lhe a cabeça? Não pôs a mão no pulso nem no peito, para saber se Antoine estava morto... Apenas olhou seu rosto.

Para certificar-se de que era realmente o homem que decidira matar?... A partir desse momento, alguma coisa não fechava... Por que ele deu mais três facadas no homem estendido no chão?...

Era um filme que Maigret não parava de repassar mentalmente, como se esperasse de um momento a outro compreender.

– Place de la Bastille – ele disse ao motorista de táxi.

O dono do Café des Amis continuava no caixa, os cabelos tentando disfarçar a calvície. Seu olhar nada tinha de ameno quando cruzou com o de Maigret que, em vez de ficar no térreo, desceu ao subsolo e se sentou junto a uma mesinha. O café estava mais cheio do que de manhã. Era a hora do aperitivo. Quando o garçom veio anotar o pedido, pareceu menos amável.

– Uma cerveja...

Maigret estendeu-lhe um maço de fotografias:

– Veja se reconhece um desses homens...

– Agora não tenho muito tempo...

– Não levará mais que um instante...

O patrão devia ter lhe falado de manhã, quando viu o comissário sair do subsolo após ter ficado lá um bom tempo.

O garçom hesitava, por fim pegou as fotos.

– É melhor que eu vá olhá-las num canto...

Voltou quase em seguida e estendeu o maço a Maigret.

– Não reconheci ninguém...

Parecia sincero e foi buscar a cerveja que Maigret pedira. Este nada mais tinha a fazer senão ir jantar em casa. Ficou um tempo bebendo a cerveja, subiu a escada que conduzia ao térreo e, bem à sua frente, viu Lapointe sentado sozinho junto a uma das mesas.

Lapointe também o viu, mas fingiu não conhecê-lo. Émile Branchu devia estar em algum lugar do café e o comissário preferiu não olhar demais os consumidores.

Ele só teve de percorrer duzentos metros para chegar em casa, onde reinava um cheiro de peixe ao forno. A sra. Maigret estava assando cavalas ao vinho branco, em fogo baixo, com muita mostarda.

Ela logo percebeu que ele não estava contente com o inquérito e não fez perguntas.

Mas à mesa ela observou:

– Viu a televisão?

Havia se tornado um hábito, uma mania.

– No noticiário das sete, eles falaram longamente de Antoine Batille. Foram à Sorbonne entrevistar vários de seus colegas...

– O que dizem dele?

– Que era um bom rapaz, bastante quieto, um pouco incomodado de pertencer a uma família tão conhecida... Tinha paixão por gravadores e esperava chegar do Japão um aparelho miniaturizado que cabe na palma da mão...

– Só isso?

– Tentaram interrogar a irmã, que se limitou a responder:

"– Nada tenho a dizer...

"– Onde estava naquela noite?

"– Em Saint-Germain-des-Prés...

"– Você se dava bem com o seu irmão?

"– Ele ficava na dele e eu na minha..."

Os jornalistas fuxicavam em toda parte, na Rue Popincourt, no Quai d'Anjou, na Sorbonne. Mesmo rádios de outros lugares se interessavam. Já haviam dado um título para o caso: *O furioso da Rue Popincourt.*

Davam destaque ao número de facadas: sete! Em duas vezes! O assassino voltara, como se não tivesse acertado as contas, para golpear ainda mais.

> *Isso não sugere a possibilidade de uma vingança?* – insinuava um dos repórteres. – *Se as sete facadas tivessem sido dadas uma após a outra, se poderia pensar numa espécie de raiva enlouquecida, mais ou menos inconsciente. Um grande número de golpes, que sempre impressiona os jurados, é na maioria das vezes o sinal de que o criminoso perdeu o controle. Mas o assassino*

de Batille se deteve, se afastou, depois voltou tranquilamente para desferir as três últimas facadas...

Um dos jornais dizia:

O gravador teve algum papel no crime? Acreditamos que a polícia dá uma certa importância ao fato, mas ninguém no Quai des Orfèvres aceita responder a perguntas sobre esse ponto...

Às oito e meia o telefone tocou.

– Aqui é Neveu, chefe... Lucas me recomendou que o mantivesse informado...

– Onde você está?

– No pequeno café defronte à loja do moldureiro... Antes de Lourtie e eu chegarmos, Émile Branchu fechou a loja e dirigiu-se à Place de la Bastille, onde tomou um aperitivo... Ao passar diante do caixa, cumprimentou o dono, que lhe devolveu a saudação como a um cliente habitual.

"O moldureiro não falou com ninguém, leu o jornal que trazia no bolso. Lapointe estava..."

– Eu o vi...

– Ah!... E sabe também que ele foi jantar num restaurante modesto onde tem seu guardanapo próprio e onde o chamam de sr. Émile?

– Não sabia...

– Lapointe diz ter comido muito bem lá. Parece que a linguiça...

– E depois?

– Branchu voltou para casa, fechou as grades da vitrine e pendurou uma tabuleta de madeira à porta envidraçada. As grades deixam filtrar uma luz fraca do interior... Lourtie está vigiando o estacionamento.

– Vocês estão de carro?

– Está estacionado a alguns metros daqui.

O primeiro canal apresentava um programa de calouros, que Maigret detestava. No segundo, passava um velho filme americano, com Gary Cooper, que Maigret e a mulher ficaram vendo.

O filme terminou às quinze para as onze e Maigret escovava os dentes, preparando-se para deitar, quando o telefone tocou de novo. Desta vez era Lourtie.

– Onde você está? – perguntou o comissário.

– Rue Fontaine. O moldureiro saiu, cerca de dez e meia, e foi pegar seu carro no estacionamento. Tomamos o da Polícia Judiciária, Neveu e eu...

– Ele notou que vocês o seguiam?

– Acho que não. Veio diretamente até aqui, como se fosse um velho hábito, e, depois de procurar um estacionamento, entrou na Lapin Rose...

– O que é Lapin Rose?

– Uma boate de striptease... O porteiro o cumprimentou como se o conhecesse... Também entramos, Neveu e eu, pois nesses lugares dois homens chamam menos atenção do que um só... Neveu inclusive fingiu estar um pouco bêbado...

Era bem coisa de Neveu, que adorava pôr um toque pessoal no que fazia. Também gostava de disfarces, executados até os mínimos detalhes.

– Nosso homem está no bar... Apertou a mão do barman... O dono, um gordinho de smoking, veio também apertar-lhe a mão e duas ou três das garotas o beijaram...

– E o barman?

– Pois é... Ele se assemelha bastante à descrição que nos deram... Entre trinta e quarenta anos... Bonitão, tipo do Sul...

Ao deixar o Café des Amis, Maigret deveria ter entregue as fotos a Lucas, que se achava ainda na Rue du

Faubourg-Saint-Antoine e que as teria passado a Lourtie. Ele havia pensado nisso ao sair do Quai des Orfèvres, mas depois esqueceu.

– Retorne à Lapin Rose. Daqui a uns vinte minutos estarei aí... Como se chama o lugar de onde está telefonando?

– Não há como errar. É a tabacaria da esquina. Não quis telefonar da boate por receio de que me ouvissem...

– Dentro de vinte minutos esteja na tabacaria.

A sra. Maigret compreendeu e, suspirando, foi buscar o sobretudo e o chapéu do marido.

– Chamo um táxi?

– Sim, obrigado.

– Vai demorar a voltar?

– Menos de uma hora.

Ainda que tivessem um carro há um ano – que Maigret nunca dirigira –, a sra. Maigret preferia usá-lo o menos possível em Paris. Utilizavam-no principalmente nos sábados à noite ou nos domingos de manhã, para irem a Meung-sur-Loire, onde tinham uma pequena casa de campo.

– Quando eu me aposentar...

Às vezes podia-se acreditar que Maigret, com pressa de se aposentar, contava os dias. Outras vezes, sentia-se nele um certo pânico ante a perspectiva de deixar o Quai des Orfèvres.

Até três meses atrás, a idade da aposentadoria, para os comissários, era de 65 anos e ele tinha 63. Um novo decreto veio mudar tudo e elevou essa idade para 68 anos...

Em algumas ruas a neblina era mais espessa do que nas outras e os carros andavam lentamente, com uma auréola ao redor dos faróis.

– Acho que já o conduzi uma vez, não é mesmo?

– É bem possível...

– É engraçado, não consigo relacionar um nome com o seu rosto... Sei que é uma pessoa conhecida... Um ator?

– Não.

– Nunca trabalhou no cinema?

– Não.

– Por acaso não o vi na televisão?

Felizmente já chegavam na Rue Fontaine.

– Procure um estacionamento e me espere.

– Vai demorar muito?

– Alguns minutos.

– Então está bem. Porque é a hora da saída dos teatros e...

Maigret empurrou a porta do bar-tabacaria, encontrou Lourtie sentado junto ao balcão. Pediu uma aguardente de cidra, porque lhe haviam falado dessa bebida na véspera, depois tirou as fotos do bolso e as pôs discretamente na mão do inspetor.

– Vá examiná-las no toalete, é mais prudente...

Alguns minutos depois, Lourtie voltava e devolvia as fotos ao comissário.

– É a que está em cima do maço. Marquei com uma cruz no verso...

– Nenhuma dúvida possível?

– Nenhuma. Com a única diferença de que na foto ele tem três ou quatro anos menos... Continua com a mesma boa pinta.

– Volte para lá.

– O striptease vai começar... O senhor sabe, somos obrigados a pedir champanhe... Eles não servem outra coisa...

– Vá... E se houver algo importante, sobretudo se o moldureiro sair da cidade, não hesite em me telefonar.

No táxi, ele olhou a foto marcada com uma cruz. Era o mais bonitão de todos. Tinha algo de atrevido, de sarcástico no olhar. O tipo do durão, como há no bando dos corsos ou dos marselheses.

Maigret teve um sono bastante agitado e estava no Quai bem antes das nove da manhã. Enviou Janvier a pesquisar nos registros de ocorrências.

Janvier voltou quinze minutos depois com uma ficha.

– A coisa funcionou? Eu não esperava muito, a descrição era muito vaga...

MILA, Julien Joseph François, nascido em Marselha, barman. Solteiro. Altura...

Seguiam-se as diversas medidas do tal Mila, cujo último domicílio conhecido era um quarto alugado na Rue Notre-Dame-de-Lorette.

Condenado quatro anos antes a dois de prisão por ter participado de um assalto à mão armada. O fato ocorreu na entrada de uma fábrica de Puteaux. O funcionário que transportava o dinheiro conseguira fazer acionar um dispositivo da maleta da qual escapou uma fumaça espessa. Um policial nas proximidades percebeu. Perseguição. O carro dos ladrões acabou se chocando contra um poste.

Mila conseguiu se safar. Primeiro, porque afirmou ser apenas um comparsa, depois, porque os bandidos haviam usado revólveres de brinquedo.

Maigret suspirou. Conhecia bem os profissionais, mas nunca se interessara muito por eles. Fazia parte da rotina, era uma espécie de jogo que tinha suas regras, às vezes também seus blefes e trapaças.

Dava para acreditar que um homem que usara um revólver de brinquedo num assalto havia atacado por duas vezes um jovem, simplesmente porque este talvez tivesse gravado trechos de uma conversa comprometedora? E que, depois de matar o jovem, não se desse o trabalho de levar o gravador ou de destruí-lo?

– Alô!... Passe-me o juiz de instrução Poiret, por favor... Alô, sim... Obrigado... É o juiz Poiret?... É Maigret, sr. juiz... Tenho informações que levantam uma série de questões e gostaria de discuti-las com o senhor... Meia hora?... Certo, estarei em seu gabinete daqui a meia hora...

Abrira o sol, de repente, fazendo pensar que a primavera talvez começaria de fato em 21 de março. Com a foto de Mila no bolso, Maigret se dirigiu, como todas as manhãs, à sala do diretor para a reunião de relatórios.

Foi uma jornada de idas e vindas, telefonemas, preparativos. O pequeno bando, do qual ainda só se conheciam Mila e o moldureiro, mais um terceiro personagem não identificado, planejava aparentemente um assalto numa casa de campo nos arredores de Paris.

Acontece que, fora dos limites de Paris, a Polícia Judiciária do Quai des Orfèvres não tinha mais jurisdição. Era o domínio da Segurança Nacional da Rue des Saussaies e, com a concordância do juiz de instrução, Maigret telefonou para aquele que hoje consideram como o seu homólogo.

O comissário Grosjean, um veterano mais ou menos da mesma idade de Maigret e que, como ele, tinha sempre um cachimbo à boca, era de Cantal, região da qual conservara o saboroso sotaque.

Os dois se viram um pouco mais tarde no prédio amplo da Rue des Saussaies, que o pessoal da Polícia Judiciária costumava chamar de fábrica.

Depois de uma hora de conversa, Grosjean levantou-se, resmungando:

– De todo modo preciso fingir que vou consultar meu chefe...

Quando Maigret retornou à sua sala, tudo estava definido. Não exatamente como teria desejado, mas como a Segurança Nacional tinha o hábito de trabalhar.

– E então? – perguntou-lhe Janvier, que se mantivera em contato com os homens de vigilância na Rue du Faubourg-Saint-Antoine.

– Aparato de cinema, como sempre!

– Lucas e Marette estão na Rue du Faubourg-Saint-Antoine. Émile veio tomar um aperitivo no bar onde estavam, sem prestar atenção neles. Depois foi almoçar no mesmo restaurante de ontem à noite.

"Nenhuma outra saída... Dois ou três clientes que pareciam ser verdadeiros clientes... Ele possui uma pequena oficina que se comunica com a loja e é lá que trabalha."

Por volta das quatro da tarde, Maigret precisou ver de novo o juiz para mantê-lo a par do plano de ação que fora traçado. Quando tornou a descer, estenderam-lhe uma ficha na qual fora escrito simplesmente um nome, sem preencher o espaço reservado ao motivo da visita: *Monique Batille.*

De que maneira o nome Monique havia se transformado em Minou? Ele dirigiu-se à sala de espera, avistou uma jovem alta e magra que usava calças escuras e uma capa de chuva sobre uma blusa.

– O senhor é o comissário Maigret, não é?

Era como se ela o inspecionasse dos pés à cabeça para certificar-se de que ele era digno da sua reputação.

– Acompanhe-me, por favor...

Ela entrou sem o menor constrangimento na sala onde tantos destinos eram decididos. Não parecia dar-se conta disso, parecia muito à vontade e tirou do bolso um maço de Gitanes.

– Posso fumar?

E deu uma risadinha.

– Esqueci que o senhor fuma cachimbo o dia todo!

Caminhou até a janela.

– É como em nossa casa... Vê-se o Sena... Não acha cansativo?

Queria ela uma vista transformável?

Ufa! Por fim deixou-se cair na poltrona, enquanto Maigret se mantinha de pé junto à mesa.

– O senhor deve estar se perguntando o que vim fazer... Não tenha medo: não é por simples curiosidade que estou aqui... É verdade que, embora eu me relacione com as mais variadas celebridades, ainda não conhecia uma da polícia...

Não valia a pena tentar interrompê-la. Era um gênero que ela fazia para esconder uma timidez profunda?

– Ontem esperei que o senhor fosse interrogar de novo meus pais, me interrogar, e os empregados, sei lá... Não é assim que as coisas geralmente se passam?... Esta manhã decidi que viria vê-lo à tarde... Refleti muito...

Ela percebeu o leve sorriso nos lábios de Maigret e adivinhou.

– Às vezes também reflito, acredite... Não fico só falando a torto e a direito... Acharam o corpo do meu irmão na Rue Popincourt... É uma rua terrível, não?

– O que você chama de uma rua terrível?

– Uma rua onde os vadios se reúnem nos bares, preparam seus golpes, sei lá, eu...

– Não... É simplesmente uma rua de gente simples...

– Pensei isso porque o meu irmão fazia gravações em outros lugares, lugares realmente perigosos... Uma vez insisti para que ele me levasse e ele falou:

"– Impossível, mana... Lá onde vou você não estaria segura... Aliás, nem eu mesmo estou...

"Perguntei:

"– Quer dizer que há criminosos?

"– Com certeza... Sabe quantos corpos são retirados todo ano do canal Saint-Martin?...

"Não acho que ele quis me assustar ou se livrar de mim. Insisti. Voltei à carga várias vezes, mas ele nunca quis me levar no que chamava de suas expedições."

Maigret a olhava, surpreso que ela conservasse tanto frescor sob um aspecto voluntariamente sofisticado. E, no fundo, seu irmão parecia ter sido apenas, como ela, uma criança grande.

Sob pretexto de pesquisas psicológicas, de caça ao documento humano, ele buscava, de certo modo, enfrentar o medo.

– Ele guardava gravações?

– No quarto dele há dezenas de fitas cassete cuidadosamente numeradas, que correspondem a um catálogo que ele mantinha atualizado.

– Ninguém tocou nelas depois... depois que ele morreu?

– Não.

– O corpo está sendo velado em casa?

– Transformaram a saleta, que chamamos a sala da mamãe, em capela-ardente. A outra sala era muito grande. Há também panos negros na entrada do prédio. Tudo muito lúgubre. Isso não deveria mais existir em nossa época, não acha?

– O que mais deseja me dizer?

– Nada... Que ele corria riscos... Que encontrava todo tipo de gente... Não sei se ele falava com essas pessoas, nem se tinha conhecidos nesse meio...

– Ele nunca andava armado?

– É curioso que me pergunte isso.

– Por quê?

– Ele conseguiu que papai lhe desse um de seus revólveres, que guardava no quarto. E não faz muito tempo ele me disse:

"– Que bom que eu já fiz 21 anos... Vou pedir um porte de arma... Considerando o tipo de pesquisa que faço..."

Isso dava à cena da Rue Popincourt um elemento patético novo, ao mesmo tempo em que um caráter quase irreal. Um garoto adulto. Convencido de que estudava o homem ao vivo porque, nos cafés, nos restaurantes, registrava trechos de conversas. E que mantinha um catálogo dessas fitas, cuidadosamente etiquetadas.

– Preciso escutar essas gravações... Você nunca as ouviu?

– Ele não deixava ninguém ouvir... Só um dia pensei que tinha ouvido uma mulher que chorava no quarto dele e fui ver... Ele estava sozinho escutando uma das fitas... O senhor não tem mais perguntas a me fazer?

– Por ora, não. Irei provavelmente à sua casa amanhã durante o dia. Suponho que muita gente tem ido ao velório...

– O movimento não para o dia inteiro... Bem, é isso... Eu esperava lhe ser útil...

– Talvez tenha sido mais do que imagina... Obrigado por ter vindo...

Ele a levou até a porta e estendeu-lhe a mão. Ela ficou muito feliz.

– Boa noite, sr. Maigret... Não esqueça que me prometeu que eu ouviria as gravações com o senhor...

Ele não havia prometido isso, mas preferiu não discutir.

Onde ele estava quando encontrou a ficha dela em cima da mesa? Voltando da sala do juiz de instrução.

– O aparato... – pensou, contrariado.

E permaneceu mais ou menos contrariado por todo o fim da tarde e uma boa parte da noite. Pois, em matéria de aparato, foi mesmo de cinema, como o pessoal da Rue des Saussaies sabe organizar.

Às sete e meia da noite, Lucas telefonou dizendo que o moldureiro fechara as grades e pendurara a tabuleta na porta envidraçada. Um pouco mais tarde, foi ao seu restaurante habitual para jantar. Depois saiu caminhando, como para tomar ar, até a Place de la Bastille, onde comprou várias revistas numa banca e voltou para casa.

– O que fazemos?

– Esperem.

Maigret e Janvier foram jantar na Brasserie Dauphine. Não havia quase ninguém. É sobretudo ao meio-dia e no aperitivo do fim da tarde que as duas pequenas salas ficam cheias.

Maigret telefonou à mulher para lhe dizer que não o esperasse.

– Não faço ideia da hora em que vou voltar... Provavelmente será muito tarde... A menos que a coisa não dê certo... Não sou eu quem dirige as operações...

Ele as dirigia somente em Paris, razão pela qual, às nove da noite, o carro no qual se achava, com Janvier ao volante e o gordo Lourtie no banco de trás, se posicionou quase em frente à loja do moldureiro.

Era um carro preto, sem identificação aparente, mas equipado de um emissor e receptor de rádio. Um outro carro parecido, equipado do mesmo modo, estacionou a uns cinquenta metros. Nele estavam o comissário Grosjean e três dos seus inspetores.

Finalmente, numa rua transversal, havia um camburão de polícia da Rue des Saussaies, com uma dezena de policiais à paisana no interior.

Lucas, por sua vez, montava guarda, também de carro, não longe do quarto alugado de Mila, na Rue Notre-Dame-de-Lorette.

Foi ele que deu o primeiro sinal.

– Alô?... É o 287?... É o senhor, chefe?

– Sim, é Maigret...

– É o Lucas... Mila acaba de pegar um táxi... Estamos atravessando o centro da cidade e parece que vamos passar para a Rive Gauche...

No mesmo momento a porta da loja se abriu e o moldureiro, vestindo um leve casaco bege, a fechou a chave e dirigiu-se em passos rápidos até a Place de la Bastille.

– Alô... 215... Maigret falando. É você, Grosjean?... Está me ouvindo?... Alô... 215...

– Aqui, 215 na escuta...

– Vamos nos dirigir lentamente até a Bastilha... Ele está a pé...

– Câmbio?

– Câmbio...

Maigret alçou seus pesados ombros.

– E dizer que volto a brincar de soldadinho!...

Na Place de la Bastille, Émile Branchu se dirigiu até o Boulevard Beaumarchais e entrou num Citroën DS preto estacionado, que se afastou imediatamente.

Maigret não pôde ver o condutor, certamente o terceiro homem do Café des Amis, o que havia bebido rum e tinha uma cicatriz no rosto.

Grosjean seguia a uma certa distância. De tempo em tempo ele chamava e Maigret, que censurava a si próprio por se mostrar ríspido, respondia. O camburão igualmente permanecia em contato.

O tráfego era fluido. O DS andava depressa e o seu motorista não parecia perceber que estava sendo seguido. Com mais razão ainda não suspeitava que estava à frente de um pequeno cortejo.

Na entrada de Châtillon, ele fez uma parada e um homem alto, moreno, que estava à beira da calçada, entrou com naturalidade no carro.

Agora estavam os três reunidos, também eles organizados quase militarmente. Aceleraram a marcha e Janvier fazia o possível para não perdê-los de vista, mas sem fazer-se notar.

Tomaram a estrada de Versalhes e atravessaram o Petit-Clamart quase sem diminuir a velocidade.

– Onde vocês estão? – interrogava regularmente Grosjean. – Não os perderam de vista?

– Saímos do meu território – resmungou Maigret. – Agora é a sua vez de jogar...

– Quando tivermos chegado no destino...

Eles viraram à esquerda em direção a Châtenay-Malabry e depois à direita, rumo a Jouy-en-Josas. Havia nuvens grossas, algumas bastante baixas, mas a maior parte do céu estava descoberta e de vez em quando a lua aparecia.

O DS reduziu a marcha, virou mais uma vez à esquerda e logo se ouviu que freava.

– Paro aqui? – perguntou Janvier. – Tenho a impressão de que eles pararam... Sim... Pararam.

Lourtie desceu do carro para ir ver. Quando voltou, disse:

– Eles encontraram alguém que os esperava... Entraram num grande jardim ou num parque, não sei, onde se pode ver o telhado de uma casa...

Grosjean, perdido na jogada, perguntava o que estava acontecendo e Maigret o mantinha informado.

– Onde é mesmo que vocês estão?

E Lourtie sussurrou a Maigret:

– Chemin des Acacias... Vi na placa...

– Chemin des Acacias...

Lourtie retornou a seu posto de observação nas proximidades do local onde Mila e seus companheiros haviam descido do carro. O DS fora deixado à beira da calçada. Um vigia continuava ali, enquanto os outros três pareciam ter penetrado na casa.

O carro da Rue des Saussaies veio estacionar atrás do de Maigret, seguido, alguns instantes depois, pelo impressionante camburão repleto de policiais.

– É a sua vez agora – suspirou Maigret, enchendo o cachimbo.

– Onde eles estão?

– Provavelmente na casa de campo da qual, ali na curva, avistará a grade... O homem na calçada é o vigia deles.

– Você não me acompanha?

– Fico aqui...

Alguns instantes mais tarde, o carro de Grosjean entrava no caminho à esquerda, tão impetuosamente que o vigia, surpreendido, não teve tempo de dar o alerta. Antes de saber o que estava acontecendo, dois homens caíram em cima dele e o algemaram.

Saindo do camburão, os policiais se precipitaram no jardim da casa, se apressando em cercá-la e em fechar todas as saídas. Era uma construção moderna, bastante ampla, e a água que se via cintilar atrás das árvores era a de uma piscina.

Todas as janelas estavam escuras, com os tapumes de madeira fechados. No entanto, ouviam-se passos, e quando os policiais da Rue des Saussaies abriram a porta, comandados por Grosjean, eles viram três homens com luvas de borracha que, alertados por ruídos suspeitos, procuravam fugir.

Os assaltantes não insistiram, levantaram os braços e, alguns segundos mais tarde, foram também algemados.

– Levem-nos para o camburão. Vou interrogá-los assim que estiver de volta à minha sala.

Maigret desentorpecia as pernas andando de um lado a outro. Olhou de longe os homens sendo levados ao camburão, viu que Grosjean se dirigia até ele.

– Não quer dar uma olhada comigo no interior da casa?

Primeiro eles viram, à direita da entrada, uma placa de mármore rosa com os dizeres em letras douradas: *Couronne d'or*. Uma coroa, gravada no mármore, lembrou qualquer coisa a Maigret. O quê? Ele não conseguia recordar.

Não havia vestíbulo. Entrava-se diretamente numa imensa sala onde, nas paredes de pedra branca, alternavam-se troféus de caça e quadros. Um deles fora retirado e estava virado em cima de uma mesa de mogno.

– Um Cézanne... – murmurou Grosjean, que o repôs no lugar.

Num canto havia uma escrivaninha Luís XV. Uma pasta de couro tinha a mesma coroa da placa da entrada. Numa gaveta, papel de carta e envelopes exibiam também essa coroa, tendo abaixo o nome: Philippe Lherbier.

– Venha ver, Grosjean...

E mostrou-lhe a coroa na pasta e no papel de cartas com o nome embaixo.

– Reconhece? É o famoso marroquineiro da Rue Royale...

Tratava-se de um homem de sessenta anos, com uma espessa cabeleira de um branco imaculado que fazia o seu rosto parecer mais jovem.

Sua loja de marroquinaria era não apenas a mais elegante de Paris, como ele possuía também sucursais em Cannes, Deauville, Londres, Nova York e Miami.

– O que faço? Telefono para ele?

– É problema seu, meu velho...

Grosjean pegou o aparelho, discou o número inscrito no papel de carta.

– Alô?... É da casa do sr. Lherbier?... Philippe Lherbier, sim... Não está?... Sabe onde eu poderia encontrá-lo?... Como?... Na casa do advogado Legendre, Boulevard Saint-Germain... Tem o número?...

Tirou do bolso um lápis, escreveu o número no elegante papel de carta com uma coroa impressa.

– Eu lhe agradeço...

O advogado Legendre era também uma personalidade da alta sociedade de Paris.

Maigret olhava os quadros, dois outros Cézanne, um Derain, um Sisley. Abriu uma porta e descobriu um salão menor, mais feminino, as paredes cobertas de seda cor de botão-de-ouro. Isso lembrou-lhe o apartamento do Quai d'Anjou. Ele retornava ao mesmo meio e na certa os dois homens se conheciam, nem que fosse por frequentarem os mesmos lugares.

Philippe Lherbier era seguidamente o alvo de fofocas nos jornais, sobretudo por causa dos seus casamentos e divórcios. Chamavam-no de o homem mais divorciado da França. Cinco vezes? Seis vezes?

O mais curioso é que, após cada divórcio, ele não esperava seis meses para se casar de novo. Sempre com o mesmo tipo de mulher! Todas, exceto uma que fazia teatro, eram modelos de corpo longo e flexível, com um sorriso mais ou menos fixo. Era como se ele as desposasse apenas para vesti-las suntuosamente e fazê-las desempenhar um papel puramente decorativo...

– Sim... Agradeço por me passar a ligação... Alô!... Sr. Lherbier?... Aqui é o comissário Grosjean, da Segurança Nacional... Encontro-me em sua casa de campo, em Jouy-en-Josas... O que faço aqui?... Acabo de prender três assaltantes que queriam roubar seus quadros...

Grosjean, com a mão sobre o bocal, soprou a Maigret:

– Está rindo...

E, em voz alta:

– O que o senhor disse? Que tem seguro? Certo. Não virá aqui esta noite? Bem, eu não posso deixar a porta aberta e não tenho como fechá-la. Isso significa que um dos meus homens será obrigado a permanecer aqui até que envie alguém e, de preferência, um serralheiro... Eu lhe...

Ficou por um instante imóvel, escutando, com o rosto muito vermelho.

– Ele desligou – acabou por murmurar.

Grosjean estava furioso, a ponto de reter a respiração.

– Eis o tipo de gente pela qual... pela qual...

Certamente quis acrescentar:

– ...pela qual arriscamos a vida...

Mas percebeu que seria no mínimo redundante.

– Não sei se ele estava meio bêbado, mas pareceu considerar esta história como uma brincadeira...

Instruiu um dos seus homens a permanecer na casa até segunda ordem.

– Você vem, Maigret?

Ele continuava pasmo.

– Quadros de Cézanne... de... pouco importa... no valor de centenas de milhares de francos numa casa de campo só frequentada nos fins de semana...

– Ele possui uma outra bem maior em Cap d'Antibes. Chama-se também Couronne d'Or... De acordo com os jornais, manda imprimir nos seus charutos e cigarros a mesma coroa dourada... Seu iate é igualmente chamado de *Couronne d'Or*...

– É verdade? – suspirou Grosjean, incrédulo.

– Parece que sim.

– Ninguém zomba dele?

– Há muita gente que gostaria de receber um convite a uma de suas residências...

Os dois saíram da casa, ficaram um instante olhando a piscina que devia estar aquecida, pois exalava um leve vapor.

– Você vai à Rue des Saussaies?

– Não... O assalto não me diz respeito, já que não ocorreu na minha jurisdição. Gostaria apenas, amanhã se possível, de interrogá-los sobre um outro assunto... Acho que o juiz Poiret também vai querer ouvi-los.

– O caso da Rue Popincourt?

– Foi através dele que obtivemos esta pista...

– É verdade, no entanto...

Ao se aproximarem dos carros, os dois homens trocaram um aperto de mão, ambos igualmente corpulentos, ambos com a mesma carreira e as mesmas experiências atrás de si.

– ...vou passar o resto da noite lá. Enfim...

Maigret sentou-se ao lado de Janvier. Lourtie, no banco de trás, fumava um cigarro, acendendo um pequeno ponto em brasa na penumbra.

– É isso aí, rapazes!... Até aqui só trabalhamos para a Rue des Saussaies... Amanhã tentaremos trabalhar para nós...

E Janvier indagou, referindo-se às relações pouco cordiais que sempre existiram entre as duas casas:

– Acredita que eles nos deixarão interrogá-los?

CAPÍTULO IV

A NOITE DEVE TER SIDO AGITADA na Rue des Saussaies, onde os jornalistas e os fotógrafos, alertados sabe lá por quem, como sempre não tardaram a aparecer e a invadir os corredores.

Ao se barbear, às sete e meia da manhã, Maigret girou maquinalmente o botão do rádio. Era a hora do noticiário e, como ele esperava, falou-se da casa de campo de Jouy-en-Josas e do famoso milionário Philippe Lherbier, o homem das seis mulheres e das coroas de ouro.

...Quatro homens foram presos, mas o comissário Grosjean continua convencido de que nenhum deles é o verdadeiro chefe, o cabeça da quadrilha... Por outro lado, corre o boato de que o comissário Maigret poderia intervir não no caso do roubo dos quadros, mas a propósito de uma outra atividade dos malfeitores. Guarda-se a maior discrição sobre esse assunto...

Foi pelo rádio também que ele ficou sabendo de um detalhe: os três assaltantes e o vigia não estavam armados.

Às nove ele já estava no escritório e, logo após a reunião do relatório, ligou para Grosjean na Rue des Saussaies.

– Conseguiu dormir um pouco?

– Apenas três horas... Preferi interrogá-los imediatamente... Nenhum abre a boca... Há sobretudo um que me exaspera... É Julien Mila, o barman, o mais inteligente dos três... Quando lhe fazemos perguntas, ele nos olha com um ar de troça e diz com uma voz suave:

"– Infelizmente nada tenho a dizer..."

– Eles não pediram para ser assistidos por um advogado?

– Sim, claro... O advogado Huet, naturalmente... Espero-o hoje de manhã...

– Quando poderá me enviar os espertalhões? O juiz Poiret também quer vê-los...

– No correr da tarde, espero... Depois preciso tê-los de volta, pois tenho muito a conversar com eles... É longa a lista dos assaltos do mesmo tipo cometidos nos últimos dois anos nos arredores de Paris e estou convencido de que são os responsáveis pela maioria, se não por todos... E você?... A Rue Popincourt?...

– Nada de novo.

– Acredita que esses caras estão envolvidos?

– Não sei... Um dos assaltantes, o baixinho de ombros largos, com uma cicatriz no rosto, usava uma capa clara com um cinto, não é?... E um chapéu escuro...

– Demarle, sim... Estamos examinando sua ficha... Parece que se trata de um sujeito durão e que já se envolveu com a justiça mais de uma vez...

– E Branchu, que chamam de Mimile? O moldureiro...

– Nenhuma ficha... Viveu por muito tempo em Marselha, mas é de Roubaix...

– Até mais tarde...

Os jornais publicaram na primeira página fotos dos assaltantes, algemados, e também uma de Lherbier, no hipódromo, de fraque e cartola cinza-clara.

Mila fixava a lente com um sorriso irônico. Demarle, o da cicatriz na face, parecia muito surpreso com o que estava acontecendo, enquanto o moldureiro cobria o rosto com as mãos. Quanto ao vigia, malvestido num terno grande demais para ele, dava a impressão de ser um comparsa sem talento.

Como resultado de uma investigação que o comissário Grosjean, da Segurança Nacional, vem conduzindo pacientemente há cerca de dois anos, uma operação bem-sucedida...

Maigret encolheu os ombros. Não era tanto nos bandidos que ele pensava, mas, contra a sua vontade, em Antoine Batille. Quase sempre, como ele repetia com frequência, é conhecendo a vítima que se chega ao criminoso.

Havia um sol pálido no céu de um azul muito claro. A temperatura continuava entre dois e três graus e a maior parte da França estava gelada, com exceção da Costa Oeste.

Ele vestiu o sobretudo, pôs o chapéu, passou pela sala dos inspetores.

– Vou sair por cerca de uma hora, rapazes...

A sós, desta vez. Queria ir sozinho até o Quai d'Anjou. Foi a pé, costeando o Sena até a Pont-Marie, e atravessou. Fumava lentamente o cachimbo e mantinha as mãos enterradas nos bolsos.

Reconstituía em pensamento a trajetória que o jovem do gravador fizera na noite de 18 a 19 de março, que haveria de ser sua última.

Já de longe avistou os tecidos negros à entrada do prédio, com um enorme *B*, franjas e ornamentos prateados em forma de lágrima. Ao passar, viu a zeladora que observava quem entrava e saía.

Era ainda jovem, atraente. Seu vestido preto tinha uma gola e enfeites brancos que lhe davam o aspecto de um uniforme. Hesitou em falar com ela, sem razão, pois não sabia o que perguntar.

Não o fez e tomou o elevador. A porta dos Batille estava encostada. Empurrou-a, dirigiu-se à saleta transformada em capela-ardente. Uma velha senhora muito digna estava junto à porta e o cumprimentou com a cabeça. Era uma parente? Uma amiga ou uma governanta que representava a família?

Um homem de pé, segurando o chapéu diante de si, mexia os lábios, recitando uma prece. Uma mulher, que devia ser uma comerciante do bairro, estava ajoelhada num genuflexório.

Antoine ainda não fora colocado no ataúde, estava estendido no leito mortuário, com as mãos juntas, enroladas por um rosário.

À luz trêmula das velas, seu rosto parecia muito jovem. Poderiam lhe dar uns quinze anos em vez de 21. Não apenas fora barbeado, mas haviam cortado seus longos cabelos, certamente para que os que desfilavam não o tomassem por um hippie.

Maquinalmente Maigret também mexeu os lábios, sem convicção, depois voltou ao vestíbulo da entrada procurando alguém a quem se dirigir. Avistou um mordomo de colete listado que passava o aspirador na sala principal.

– Eu gostaria de ver a srta. Batille... – disse. – Comissário Maigret.

O mordomo hesitou, acabou por se afastar, resmungando:

– Não sei se ela já levantou!...

Já havia levantado, mas certamente não estava pronta, pois ele precisou esperar uns dez minutos e, quando ela apareceu, estava de penhoar, com os pés descalços em pantufas.

– O senhor descobriu alguma coisa?

– Não... Gostaria apenas de ver o quarto do seu irmão...

– Desculpe-me por recebê-lo deste jeito, mas dormi muito mal e, de todo modo, não costumo levantar muito cedo...

– O seu pai está?

– Não... Teve que ir ao escritório... Quanto à mamãe, está no seu quarto, mas ainda não a vi esta manhã... Venha...

Caminharam ao longo de um corredor, depois num outro que o cortava em ângulo reto... Ao passarem diante de uma porta aberta, por onde Maigret avistou uma cama desfeita e uma bandeja do café da manhã, ela explicou:

– É o meu quarto... Não repare... Está desarrumado...

Duas portas adiante ficava o quarto de Antoine, que dava para o pátio e, àquela hora, recebia os raios oblíquos do sol. Os móveis escandinavos eram simples, harmoniosos. Prateleiras cobriam uma das paredes, repletas de livros, discos e, em duas fileiras, fitas cassete.

Em cima da mesa havia livros, cadernos, lápis de cor e, numa bacia de vidro, três tartarugas minúsculas que nadavam em dois centímetros de água...

– O seu irmão gostava de animais?

– É uma coisa do passado... Houve um tempo em que ele trazia para cá todo tipo de bichos, um corvo de asa cortada, por exemplo, hamsters, camundongos brancos, uma cobra de mais de um metro... Pretendia domesticá-los, mas nunca conseguiu...

Havia também um enorme mapa-múndi, uma flauta em cima de uma mesinha, partituras musicais.

– Ele tocava flauta?

– Teve cinco ou seis aulas... Deve haver por aí também uma guitarra elétrica... E ele teve igualmente aulas de piano...

Maigret sorriu.

– Não por muito tempo, imagino...

– Nada durava muito tempo...

– Exceto o gravador...

– É verdade... Há cerca de um ano essa paixão persistia...

– Ele fazia uma ideia do seu futuro?

– Não... Ou então não falava disso a ninguém... Papai queria que ele se matriculasse na faculdade de ciências e estudasse química, para dar continuidade mais tarde ao seu negócio.

– Ele não quis?

– Detestava o comércio... Acho que tinha vergonha de ser o filho do dono dos perfumes Mylène...

– E você?

– Para mim tanto faz...

Sentia-se um certo bem-estar no quarto, em meio a objetos díspares, é verdade, mas que davam a impressão de ser objetos familiares. Como se alguém tivesse vivido muito nessa peça e feito dela o seu reino.

Maigret pegou ao acaso uma das fitas nas prateleiras, mas na etiqueta havia apenas um número.

– O caderno dele, que servia de catálogo, deve estar aqui – disse Minou. – Espere...

Ela abriu e fechou gavetas, repletas em sua maior parte. Alguns objetos, alguns papéis deviam datar dos primeiros anos do ginásio.

– Achei... Suponho que está atualizado, pois ele levava isso muito a sério...

Era um simples caderno de estudante com folhas quadriculadas. Na capa, Antoine escrevera em letras bem-cuidadas, usando lápis de várias cores:

Minhas experiências

Começava por:

Fita 1: Família à mesa num domingo.

– Por que num domingo? – Maigret perguntou.

– Porque nos outros dias o meu pai raramente vem almoçar. E, à noite, minha mãe e ele costumam jantar fora, ou têm convidados...

Assim, ele não deixou de dedicar sua primeira gravação à família.

Fita 2: Autoestrada do Sul num sábado à noite.

Fita 3: Floresta de Fontainebleau à noite.

Fita 4: Metrô às oito da noite.

Fita 5: Place de l'Opéra ao meio-dia.

Vinham a seguir um intervalo no Théâtre du Gymnase, os sons de um self-service da Rue de Ponthieu, uma farmácia da Champs-Élysées.

Fita 10: Um café em Puteaux...

A curiosidade de Antoine aumentava e ele mudava imperceptivelmente de camada social: saída de fábrica, gaita de foles na Rue de Lappe, bar da Rue des Gravilliers, arredores do canal Saint-Martin, baile das Flores, em La Villette, um café em Saint-Denis...

Não era mais o centro de Paris que o interessava, mas a periferia, e um dos locais ficava perto de uma favela.

– É verdade que era perigoso?...

– Mais ou menos... Digamos que não era recomendável, e ele tinha razão de não querer levá-la... As pessoas que frequentam esses lugares não gostam que venham meter o nariz nos seus negócios, sobretudo com um gravador...

– Acha que foi por causa disso que...?

– Não sei... Duvido... Para ter certeza, seria preciso ouvir todas essas fitas... Pelo que vejo levaria horas, ou mesmo vários dias...

– Não vai ouvi-las?

– Se eu pudesse levá-las emprestadas, encarregaria um dos meus inspetores de...

– Não posso assumir essa responsabilidade... Depois que morreu, meu irmão tornou-se alguém sagrado e tudo o que lhe pertence adquire um valor novo, o senhor compreende?... Antes ele era tratado um pouco como um garoto, o que o deixava furioso... É verdade que, em alguns aspectos, ele permaneceu muito jovem...

O olhar de Maigret percorreu, nas paredes, fotos de nus recortadas de uma revista americana.

– Isso também – ela interveio – é próprio de alguém muito jovem... Estou convencida de que meu irmão nunca dormiu com uma mulher... Ele paquerou duas ou três de minhas amigas, mas nunca foi até o fim...

– Ele tinha carro?

– Quando fez vinte anos, meus pais lhe deram um pequeno carro inglês... Durante dois meses ele passou seu tempo livre no campo e aparelhou o carro com todos os tipos de acessórios... Depois perdeu o interesse e só o usava quando realmente tinha necessidade...

– Nem mesmo para suas expedições noturnas?

– Nunca... Vou perguntar à minha mãe se posso lhe emprestar as fitas... Espero que ela já tenha levantado...

Eram dez e meia. A jovem permaneceu um bom tempo ausente e então voltou para dizer-lhe:

– Ela confia no senhor. Tudo o que lhe pede é que prenda o assassino. O meu pai, aliás, está ainda mais arrasado do que ela. Era o seu único filho homem. Depois do que aconteceu, ele não fala mais conosco e sai para o escritório de manhã bem cedo... Como vamos embalar essas fitas?... Seria melhor uma valise ou uma pasta bem grande... Uma valise seria melhor... Espere... Acho que sei onde encontrar o que precisamos...

A valise que ela trouxe um pouco depois tinha a coroa dourada do marroquineiro da Rue Royale.

– Você conhece Philippe Lherbier?

– Meus pais o conhecem. Foram jantar na casa dele duas ou três vezes, mas não é o que se pode chamar de amigo... É o homem que passa o tempo todo se divorciando, não é mesmo?

– Sua casa de campo por pouco não foi assaltada esta noite... Você não escuta rádio?

– Só na praia, e quando toca música...

Ela o ajudou a colocar as fitas dentro da valise, junto com o caderno que servia de catálogo.

– Não tem mais nada a me perguntar?... Pode vir sempre me interrogar e lhe prometo responder de maneira tão franca como fiz até aqui.

Ajudar a polícia era algo que visivelmente a excitava.

– Não o acompanho até a saída porque não estou vestida para passar diante da câmara mortuária... As pessoas achariam uma falta de respeito... Por que se deve de uma hora para outra respeitar alguém porque morreu, quando o tratavam sem respeito enquanto vivia?...

Maigret saiu um pouco constrangido com a valise, sobretudo no momento de passar diante da zeladora. Teve a sorte de ver uma mulher descer de um táxi e pagar o motorista, não precisou esperar para encontrar um carro.

– Quai des Orfèvres...

Ele se perguntava a quem confiar as gravações de Antoine Batille. Era preciso ser alguém que conhecesse bem os lugares onde essas gravações foram feitas e que estivesse familiarizado com as pessoas que os frequentam.

Acabou por topar, no fim do corredor, com seu colega da Mundana, eufemismo para: Polícia de Costumes.

Como trazia uma valise na mão, o colega lhe perguntou, irônico:

– Veio se despedir antes de mudar de casa?

– Tenho aqui gravações feitas sobretudo na periferia de Paris, em danceterias, cafés, bares...

– Isso deveria me interessar?

– Talvez não, mas a mim interessa, pode estar ligado a um caso em andamento...

– O da Rue Popincourt?

– Confidencialmente, sim. Prefiro que isso não seja divulgado. Você deve ter, entre seus homens, alguém que conhece esses lugares e a quem essas gravações poderiam dizer alguma coisa...

– Compreendo... farejar um indivíduo perigoso, por exemplo... Um cara que, por receio de se comprometer...

– É exatamente isso...

– O velho Mangeot... Tem cerca de quarenta anos de profissão... Conhece a fauna desses lugares melhor do que ninguém...

Não era um desconhecido para Maigret.

– Ele tem tempo livre?

– Darei um jeito para que tenha...

– E ele sabe usar esses trecos?... Vou buscar o gravador na minha sala...

Quando voltou, um homem triste, de feições murchas e olhos sem brilho, estava na sala do chefe da Mundana.

Era um dos pés-rapados da Polícia Judiciária, daqueles que, na falta de uma certa instrução de base, não conseguem nenhuma promoção na sua carreira. Daqueles que, de tanto andar por Paris, adquirem o aspecto de mordomos e garçons de café que ficam de pé o dia inteiro. É como se eles ficassem da mesma cor opaca dos bairros pobres que percorrem.

– Conheço esses aparelhos – ele disse em seguida. – São muitas fitas?

– Umas cinquenta... Talvez um pouco mais...

– Meia hora por fita... É urgente?

– Bastante...

– Vou lhe arranjar uma sala onde não será perturbado – interveio o chefe da antiga Brigada de Costumes...

Explicaram minuciosamente a Mangeot o que esperavam dele e ele balançou a cabeça para mostrar que havia compreendido. Depois se retirou com a valise, enquanto o colega de Maigret dizia a meia-voz:

– Não se preocupe... Ele parece meio caquético... É certo que não tem mais ilusões, mas é ainda um dos meus colaboradores mais preciosos... Uma espécie de cão de caça... Fazem-lhe cheirar uma pista, ele baixa a cabeça e vai atrás...

Maigret voltou para a sua sala e dali a dez minutos o juiz de instrução lhe telefonava.

– Tentei várias vezes localizá-lo... Antes de mais nada, parabéns pela operação da noite passada...

– Foi a Rue des Saussaies que fez tudo...

– Fui ver o procurador, que está encantado... Vão me trazer os quatro espertalhões hoje à tarde, às três horas... Gostaria que estivesse no meu gabinete, pois conhece melhor o assunto do que eu... Depois que tivermos tratado dos assaltos, poderá, se julgar útil, fazê-los descer até sua sala... Sei que conduz os seus interrogatórios de uma maneira particular...

– Eu lhe agradeço... Estarei no seu gabinete às três.

Ele entrou na sala dos inspetores.

– Está livre para o almoço, Janvier?

– Sim, chefe... Termino o meu relatório e...

Sempre relatórios, papelada.

– E você, Lapointe?

– O senhor bem sabe que estou sempre livre...

Pois isso significava que os três iam almoçar na Brasserie Dauphine.

– Encontro marcado para meio-dia e meia...

Maigret não esqueceu de telefonar à sua mulher e esta não deixou de perguntar, como de costume:

– Acha que voltará para o jantar? Pena que não vem para o almoço. Preparei escargots...

Como por coincidência, sempre que não voltava para uma refeição havia um prato que ele apreciava particularmente.

Mas, afinal, pode ser que houvesse também escargots na Brasserie Dauphine...

Quando, às três horas, Maigret entrou no longo corredor onde se abriam, dos dois lados, os gabinetes dos juízes de instrução, os flashes dos fotógrafos pipocaram enquanto uma dezena de jornalistas se precipitava em sua direção.

– O senhor vai assistir ao interrogatório dos gângsteres?

Ele tentou se esgueirar, não respondendo sim nem não.

– Por que está aqui e não o comissário Grosjean?...

– Acreditem, não sei de nada. Perguntem ao juiz de instrução...

– O senhor é o encarregado do caso da Rue Popincourt, não é?

Não havia razão alguma para negar.

– Será que haveria alguma ligação entre os dois casos?

– Senhores, não tenho nenhuma declaração a fazer por ora.

– Responde que não?

– Vocês cometeriam um erro em tirar conclusões...

– Esteve a noite passada em Jouy-en-Josas, não é verdade?

– Não nego.

– Com que incumbência?

– O meu colega Grosjean lhe responderá com mais autoridade do que eu...

– Foram as suas investigações em Paris que levaram à pista dos ladrões?

Os quatro homens detidos na noite anterior estavam sentados em dois bancos, de um lado e de outro da porta do juiz, com algemas nos pulsos, entre guardas, e assistiam, não sem um certo divertimento, a essa cena.

Um advogado baixinho, mas volumoso, apareceu na ponta do corredor, de toga, como quem vem batendo asas. Ao avistar o comissário, dirigiu-se a ele e estendeu-lhe a mão.

– Como vai, Maigret?

Um flash. O aperto de mãos fora fotografado, como se a cena tivesse sido previamente preparada.

– Na verdade, por que está aqui?

O advogado Huet fazia essa pergunta diante dos jornalistas não por acaso. Era um homem hábil, cheio de manhas, que tinha o hábito de defender a corja do alto roubo. Muito culto, apreciador de música e teatro, comparecia a todas as estreias, assistia aos grandes concertos, o que lhe valera um lugar na alta sociedade de Paris.

– O que esperamos para entrar?

– Não sei – respondeu Maigret, não sem ironia.

E o homenzinho de ombros largos bateu à porta do juiz, empurrou-a e fez um sinal ao comissário para entrar com ele.

– Bom dia, meu caro juiz... Está muito desapontado de me ver aqui?... Os meus clientes...

O magistrado apertou-lhe a mão e a de Maigret.

– Sentem-se, senhores. Farei entrar os réus... Suponho que eles não os amedrontam e posso deixar os guardas fora, certo?

Mandou retirar as algemas. O gabinete, pouco espaçoso, ficou repleto. Numa ponta da mesa, que servia de escrivaninha, estava o escrivão. Foi preciso buscar uma cadeira suplementar numa outra sala. Os quatro homens se distribuíram dos dois lados do seu defensor e Maigret sentou-se um pouco afastado, mais ao fundo.

– Devo primeiro, sr. Huet, como sabe, proceder ao interrogatório de identidade dos réus... Cada um responderá à chamada do seu nome... Julien Mila...

– Presente...

– Seu nome, sobrenome, endereço atual, lugar e data de nascimento, profissão...

– Milat com *t*? – perguntou o escrivão que redigia.

– Com um *a* apenas.

Isso durou um bocado de tempo. Demarle, o homem da cicatriz e com bíceps de lutador de feira, nascera em Quimper. Fora marujo e, no momento, estava desempregado.

– Seu endereço?

– Ora num lugar, ora noutro... Encontro sempre um amigo para me abrigar...

– Ou seja, não tem domicílio fixo?

– Com o auxílio-desemprego que ganho, o senhor sabe...

O quarto homem, o vigia, era um pobre coitado que se apresentou como moço de entregas e morava na Rue du Mont-Cenis, em Montmartre.

– Desde quando faz parte da quadrilha?

– Perdão, sr. juiz – interveio Huet. – Seria preciso primeiro estabelecer que há uma quadrilha...

– Eu ia justamente lhe fazer uma pergunta, sr. advogado. Qual desses homens o senhor representa?

– Os quatro.

– Não acredita que durante a instrução poderia haver conflito entre eles por conta de uma divergência de interesses?

– Duvido muito e, se isso acontecesse, eu apelaria para os colegas... Estão de acordo, senhores?

Os quatro balançaram a cabeça.

– Uma vez que estamos nas questões preliminares, eu ia dizer nas questões de ética – prosseguiu Huet com um sorriso de mau augúrio –, o senhor deve saber que este caso suscitou esta manhã muito interesse na imprensa... Recebi um grande número de telefonemas e recolhi assim informações que me surpreenderam, para não dizer que me chocaram...

Inclinou-se para trás e acendeu um cigarro. O juiz, diante dessa glória da advocacia, não conseguia ocultar seu nervosismo.

– Eu o escuto.

– De fato, a detenção não foi feita no estilo habitual das detenções desse tipo... Três carros da polícia, incluindo um camburão cheio de inspetores à paisana, chegaram ao local mais ou menos ao mesmo tempo em que os meus clientes, como se a polícia estivesse sabendo do que ia se passar... Ora, à frente dessa procissão achava-se o comissário Maigret, aqui presente, e dois dos seus colaboradores... É exato, comissário?

– É exato...

– Vejo que quem me informou não estava enganado.

Alguém da Rue des Saussaies, provavelmente. Um funcionário? Uma datilógrafa?

– Eu acreditava, sempre acreditei que o território do Quai des Orfèvres se limitava a Paris... Digamos a grande Paris, da qual mesmo assim não faz parte Jouy-en-Josas...

Ele obtivera o que queria. Havia assumido o comando do interrogatório, e o juiz não sabia mais como fazê-lo se calar.

– Não seria isso porque as informações acerca de... digamos, dessa tentativa de assalto, vieram da Polícia Judiciária?... Não responde, Maigret?

– Nada tenho a dizer.

– Você não estava lá?

– Não estou aqui para ser interrogado.

– No entanto, vou lhe fazer uma outra pergunta, mais importante. Não foi durante a investigação de um caso distinto, igualmente recente, que chegou por acaso a este?

Maigret continuava em silêncio.

– Eu lhe peço, sr. advogado... – interveio o juiz.

– Só mais um instante. Fiquei sabendo que inspetores da Polícia Judiciária montaram guarda, nos dois últimos dias, diante da loja de Émile Branchu... O comissário Maigret em pessoa foi visto, em duas ocasiões, num café da Bastilha onde meus clientes se reuniram ocasionalmente anteontem, e ele interrogou os garçons e tentou falar com o dono do estabelecimento... É exato?... Peço desculpas, sr. juiz, mas insisto em colocar esse caso na sua verdadeira perspectiva, que talvez não é a que o senhor conhece.

– Já terminou, sr. advogado?

– Por enquanto.

– Posso interrogar o primeiro réu? Julien Mila, queira me dizer quem lhe indicou a casa de campo de Philippe Lherbier e quem lhe falou dos quadros que ela contém.

– Aconselho meu cliente a não responder.

– Não responderei.

– Você é suspeito de ter participado de 21 assaltos de casas de campo e castelos, ocorridos nos dois últimos anos nas mesmas condições...

– Nada tenho a dizer...

– Ainda mais – interveio o advogado – que não existem provas.

– Repito, generalizando, minha primeira pergunta. Quem lhe indicou essas casas de campo e esses castelos?...

Em segundo lugar, quem, certamente a mesma pessoa, se encarregou da venda dos quadros roubados e dos objetos de arte?...

– Não sei absolutamente nada a esse respeito.

O juiz, suspirando, passou ao moldureiro, e Mimile não se mostrou mais loquaz. Quanto a Demarle, o ex-marujo, este se divertiu bancando o comediante.

O único a ter uma atitude diferente foi o vigia, o que se chamava Gouvion e que não tinha domicílio fixo.

– Não sei o que faço aqui. Não conheço esses senhores. Eu estava no local em busca de um canto não muito frio onde passar a noite...

– É o seu ponto de vista também, sr. advogado?

– Estou inteiramente de acordo com ele e faço questão de observar que esse homem não tem ficha criminal...

– Alguém tem algo a acrescentar?

– Desejo fazer uma pergunta, mesmo com o risco de me repetir. Que papel desempenha aqui o comissário Maigret? E o que vai acontecer quando sairmos deste gabinete?

– Não preciso lhe responder.

– Isso significa que haverá um outro interrogatório, não mais no Palácio da Justiça, mas nas salas da Polícia Judiciária, ao qual não terei acesso?... Ou seja, no qual será abordado, não o assalto, mas um outro caso?

– Lamento, sr. advogado, mas nada tenho a lhe dizer. Queira pedir a seus clientes que assinem o termo de depoimento provisório, que será datilografado, até amanhã, em quatro vias.

– Podem assinar, senhores.

– Eu lhe agradeço, sr. advogado.

E, levantando-se, o juiz de instrução se encaminhou para a porta, seguido a contragosto pelo advogado.

– Faço todas as minhas restrições...

– ...eu as registrei.

E falou aos guardas:

– Por favor recoloquem as algemas nos prisioneiros e os conduzam à Polícia Judiciária. Poderão passar pela porta de comunicação. O senhor permaneça um momento, comissário...

Maigret tornou a sentar-se.

– O que pensa disso?

– Penso que neste exato momento Huet deve estar informando a imprensa para colocar esse caso em evidência, de modo que amanhã, talvez hoje mesmo, nas edições vespertinas, ele se estenderá por duas colunas...

– Isso o aborrece?

– É o que me pergunto... Há pouco eu lhe teria respondido que sim... Minha intenção era manter os dois casos bem distintos um do outro e evitar que os jornais os confundissem... Agora...

Ele refletia, pesava os prós e os contras.

– Talvez seja melhor assim. Ao se criarem redemoinhos, há chances de que...

– Acha que um desses quatro homens...?

– Não posso afirmar nada... Parece que encontraram no bolso do marujo uma faca sueca como a que foi utilizada na Rue Popincourt... O homem também possui uma capa clara com cinto e um chapéu escuro... Seja como for, certamente esta noite o colocarei em presença dos Pagliati, na mesma rua, à mesma iluminação, mas não é muito conclusivo... A velha senhora do primeiro andar também será chamada a reconhecê-lo...

– E o que espera?

– Não sei... os assaltos dizem respeito à Rue des Saussaies... A mim, o que interessa são as sete facadas que custaram a vida de um jovem...

Quando saiu do gabinete do juiz, os jornalistas haviam desaparecido, mas ele voltou a encontrá-los, inclusive em maior número, lhe pareceu, no corredor da Polícia Judiciária. Os quatro suspeitos não estavam à vista, pois haviam sido conduzidos a uma sala onde os vigiavam.

– O que está havendo, comissário?

– Nada de especial...

– O senhor está trabalhando no caso de Jouy-en-Josas?

– Vocês sabem muito bem que isso não me diz respeito.

– Por que então esses quatro homens estão aqui em vez de serem reconduzidos à Rue des Saussaies?...

– Pois bem, vou explicar...

Ele tomou de repente uma decisão. Huet certamente lhes falara de uma conexão entre os dois casos. Em vez de ver publicadas informações mais ou menos exatas e tendenciosas, não seria melhor dizer a verdade?

– Antoine Batille, senhores, tinha uma paixão: registrar o que ele chamava de documentos vivos. Com um gravador a tiracolo, ia a lugares públicos, a bailes, cafés, bares, restaurantes, ou mesmo ao metrô, e punha discretamente a funcionar seu gravador...

"Na terça-feira à noite, por volta das nove e meia, ele estava num café da Place de la Bastille e, como de costume, acionou o aparelho. Seus vizinhos eram..."

– Os assaltantes?

– Três deles... O vigia não estava presente... A gravação não é perfeitamente nítida... Pode-se no entanto compreender que um encontro era marcado para dois dias depois e que uma certa casa de campo já estava sendo vigiada...

"Menos de uma hora mais tarde, na Rue Popincourt, o jovem foi atacado pelas costas e recebeu sete facadas, uma das quais seria mortal..."

– Acredita que foi um desses homens?...

– Não acredito em nada, senhores... Meu ofício não é acreditar, mas descobrir provas ou obter confissões...

– Alguém viu o agressor?

– Dois pedestres, a uma certa distância, e uma senhora que mora defronte ao lugar onde o crime foi cometido...

– Acredita que os assaltantes perceberam que suas palavras haviam sido gravadas?

– Mais uma vez, não acredito em nada... É uma hipótese plausível...

– Batille teria então sido seguido por um deles até que estivesse num local deserto e... O assassino se apoderou do gravador?

– Não.

– Como explica isso?

– Eu não explico...

– Os pedestres de que falou... suponho que se trata do casal Pagliati... O senhor está vendo que sabemos mais do que parece... Os Pagliati então, ao se aproximarem, impediram o homem de...

– Não. Ele só havia dado quatro facadas... Depois se afastou, mas voltou atrás para desferir mais três golpes... Portanto, ele poderia ter arrancado o gravador do pescoço da vítima...

– De modo que o senhor ainda não tem uma pista segura?

– Vou interrogar esses senhores...

– Juntos?

– Um por um...

– Começando por qual?

– Por Yvon Demarle, o marujo...

– Quanto tempo vai demorar?

– Não sei... Poderão deixar um de vocês aqui...

– Enquanto bebemos uma cerveja! É uma boa ideia! Obrigado, comissário...

Maigret também teria gostado de ir beber uma cerveja. Ele entrou na sua sala e chamou Lapointe, que conhecia estenografia.

– Sente-se aí... Você tomará nota...

Depois, a Janvier:

– Pode me trazer o tal Demarle?

O ex-marujo apresentou-se de mãos algemadas diante dele.

– Retire-lhe as algemas... E você Demarle, sente-se...

– O que vai me fazer? As perguntinhas de sempre? Já vou lhe avisando que sou de ferro e que não me deixarei pegar...

– É tudo?

– Pergunto-me por que, lá em cima, eu tinha direito à presença de um advogado, enquanto aqui estou sozinho...

– O advogado Huet lhe explicará quando tornar a vê-lo. Entre os objetos encontrados com você há uma faca sueca...

– É por isso que me fez vir aqui? Há vinte anos a trago no bolso... É um presente do meu mano, quando eu era ainda pescador em Quimper, antes de entrar na Transat...

– Há muito tempo não a utiliza?

– Uso-a diariamente para cortar carne, como no campo... Talvez não seja elegante, mas...

– Na terça-feira à noite você estava com seus dois companheiros no Café des Amis, na Place de la Bastille...

– É o senhor que está dizendo... Sabe, não lembro, no dia seguinte, o que fiz na véspera... Parece que minha cabeça não anda muito boa...

– Lá estavam Mila, o moldureiro e você. Falaram em palavras mais ou menos dissimuladas do assalto, e entre outras coisas, você foi encarregado de arranjar um carro. Onde o roubou?

– O quê?

– O carro.

– Que carro?

– Suponho que não sabe também onde fica a Rue Popincourt?

– Não sou de Paris...

– Nenhum de vocês notou que um jovem, na mesa vizinha, tinha ligado um gravador?

– Um o quê?

– Não seguiu esse jovem?

– Por que o seguiria? Acredite, isso não faz meu gênero...

– Não foi encarregado por seus cúmplices de se apoderar da fita cassete?...

– Ora essa! Uma fita cassete agora... É tudo?

– É tudo...

E Maigret falou a Janvier:

– Leve-o a uma sala disponível... Faça a mesma coisa...

Janvier ia repetir as perguntas, praticamente nos mesmos termos e na mesma ordem. Quando tivesse terminado, um terceiro inspetor repetiria a operação.

Maigret não confiava muito nisso, no caso em questão, mas ainda assim era o procedimento mais eficaz. A coisa podia durar horas. Já acontecera de um interrogatório durar 32 horas até o réu confessar o crime, embora por três ou quatro vezes os policiais tenham estado a ponto de soltá-lo, de tão bem que fingia a inocência.

– Vá buscar o Mila – ele foi dizer a Lourtie, na sala dos inspetores.

O barman sabia que era um belo rapaz, mais inteligente, mais experiente do que os cúmplices. Podia-se jurar que ele se divertia em desempenhar seu papel.

– Como! O tagarela não está aqui?

Com os olhos fingiu procurar seu advogado.

– O senhor acha correto me interrogar sem a presença dele?

– É um assunto meu.

– Estou perguntando porque eu não gostaria que por causa de um detalhe todo o interrogatório fosse declarado irregular.

– Qual foi o motivo da sua primeira condenação?

– Não lembro mais. Aliás, está lá em cima, no registro de ocorrências... Embora eu nunca tenha estado com o senhor pessoalmente, conheço um pouco a casa...

– Quando notou que a conversa de vocês estava sendo gravada?

– De que conversa está falando, e de que gravação?

Maigret teve a paciência de fazer suas perguntas até o fim, mesmo sabendo que era inútil. E Lourtie, como fazia agora Janvier com o ex-marujo, ia repeti-las incansavelmente.

Depois foi a vez do moldureiro. À primeira vista parecia tímido, mas não tinha menos sangue-frio do que os outros.

– Há muito tempo assalta casas de campo desocupadas?

– Não compreendi bem...

– Pergunto se...

Maigret estava com calor e o suor lhe colava as roupas nas costas. Os quatro homens foram interrogados. Cada um desempenhou o seu papel sem deixar-se surpreender por perguntas mais ou menos inesperadas.

O vigia mendigo se ateve à sua explicação. Primeiro, não estava presente no encontro na Place de la Bastille. Depois, na terça-feira à noite, procurava um "abrigo", como ele dizia.

– Numa casa desocupada?

– Contanto que a porta estivesse aberta... Na casa ou na garagem...

Às seis da tarde, os quatro retornavam num camburão da polícia ao prédio da Rue des Saussaies, onde passariam a noite.

– É você, Grosjean?... Obrigado por tê-los me emprestado... Não consegui extrair nada, não... Não são anjinhos...

– Foi o que eu lhe disse!... Quanto ao assalto de quinta-feira, eles não têm como escapar porque foram pegos em flagrante... Mas, quanto aos anteriores, se não encontrarmos provas ou testemunhas...

– Você verá que, quando os jornais divulgarem o assunto, testemunhas vão aparecer...

– Continua achando que o crime da Rue Popincourt foi cometido por um dos quatro?

– Para falar a verdade, não...

– Tem suspeitas?

– Não...

– O que pretende fazer?

– Esperar...

E era verdade. Os jornais vespertinos já divulgavam o que se passara no corredor dos juízes de instrução e também as declarações que Maigret fizera na Polícia Judiciária.

É ele o assassino da Rue Popincourt?

Abaixo dessa manchete via-se a foto de Yvon Demarle, com algemas nos pulsos, junto à porta do juiz Poiret.

Maigret procurou na lista telefônica o número do apartamento do Quai d'Anjou e ligou para lá.

– Alô, quem está falando?

– O mordomo do sr. Batille...

– O sr. Batille se encontra em casa?

– Ainda não voltou. Creio que tem uma consulta com o médico...

– Aqui é o comissário Maigret... Quando será o enterro?

– Amanhã às dez da manhã.

– Obrigado.

Ufa! Para Maigret a jornada estava terminada e ele telefonou à sua mulher avisando que voltaria para jantar.

– Depois iremos ao cinema – acrescentou.

Queria esvaziar a cabeça.

CAPÍTULO V

Para qualquer eventualidade, Maigret foi acompanhado do jovem Lapointe. Os dois juntaram-se à multidão na rua, não diante do prédio onde o jovem estava sendo velado, mas defronte a um prédio vizinho, pois os curiosos eram tão numerosos que eles não encontraram um lugar melhor.

Havia carros, entre os quais muitas limusines com motorista, ao longo do rio, da Pont Louis-Philippe à Pont Sully, e outros estacionados do outro lado da ilha, no Quai de Béthune e no Quai d'Orléans.

Era uma manhã um pouco fria, muito clara e viva, de cores pastel.

Os carros paravam diante do prédio com panos pretos à entrada, pessoas subiam até o apartamento para se inclinar diante do ataúde, depois reapareciam para esperar, do lado de fora, pela formação do cortejo fúnebre.

Um fotógrafo de cabelos ruivos ia de um lado a outro, focando sua lente nas fileiras de curiosos. Nem sempre era bem acolhido, e alguns não deixavam de lhe exprimir seus sentimentos.

Mesmo assim ele continuava, imperturbável, o seu trabalho. As pessoas, sobretudo as que resmungavam, teriam ficado bastante surpresas de saber que não pertencia a nenhum jornal, agência ou revista, mas que estava ali por ordem de Maigret.

Este fora logo cedo ao laboratório da Identidade Judiciária e, acompanhado de Moers, escolhera Van Hamme, o melhor e principalmente mais desenvolto dos fotógrafos disponíveis.

– Quero fotos de todos os curiosos, primeiro diante do prédio onde o jovem está sendo velado, depois diante da igreja, quando o ataúde for transportado para lá, e por fim quando este for levado ao cemitério.

"Assim que tiver revelado as fotos, quero que você as examine com uma lupa. É possível que uma ou várias pessoas se encontrem nos três lugares. São essas que me interessam. Vou precisar de ampliações dessas fotos, sem aparecer o que está ao lado..."

Contra a sua vontade, Maigret buscava com os olhos uma capa clara com cinto, um chapéu escuro. Era pouco provável que o assassino tivesse conservado esse traje, pois os jornais da manhã o descreviam. Os dois casos, agora, o da Rue Popincourt e o do assalto, estavam definitivamente misturados.

Falava-se longamente do papel da Polícia Judiciária, dos interrogatórios da véspera, e havia fotos dos quatro homens detidos.

Num dos jornais, debaixo do retrato de Demarle, o ex-marujo, vestindo capa e chapéu escuro, era feita a seguinte menção:

É ele o assassino?

A multidão era heterogênea. Havia primeiro, junto ao prédio, os que tinham ido prestar as últimas homenagens ao defunto e esperavam para participar do cortejo. À beira da calçada estavam principalmente os moradores das vizinhanças, zeladores, comerciantes da Rue Saint-Louis-en-Île.

– Um rapaz tão gentil!... E tão tímido!... Quando entrava na loja, nunca deixava de cumprimentar...

– Se tivesse os cabelos um pouco mais curtos... Os pais deveriam tê-lo advertido... Pessoas elegantes como eles!... Aquilo lhe dava um mau aspecto...

De tempo em tempo, Maigret e Lapointe trocavam olhares, e uma ideia absurda veio à mente do comissário. Com que frenesi interior Antoine Batille não teria andado com seu microfone no meio dessa multidão se estivesse vivo! Claro, se estivesse vivo não haveria essa multidão...

O carro fúnebre apareceu e estacionou à beira da calçada, seguido de três veículos. Haveria um cortejo motorizado até a igreja Saint-Louis-en-Île, que ficava a duzentos metros?

O pessoal da agência funerária desceu primeiro com as coroas e ramalhetes de flores, que cobriram não só o carro fúnebre como se amontoaram nos três outros carros.

Entre as pessoas que esperavam, havia uma terceira categoria, em pequenos grupos: eram os empregados dos perfumes Mylène, muitas moças e mulheres bonitas vestidas com uma elegância que, no sol da manhã, tinha qualquer coisa de agressiva.

Houve um movimento na multidão, como se uma corrente elétrica passasse de uma ponta a outra das fileiras, e viu-se o ataúde transportado por seis homens. Assim que ele foi colocado no carro fúnebre, apareceu a família. À frente, Gérard Batille, acompanhado da mulher e da filha. Ele tinha as feições contraídas, o rosto perturbado. Não olhava para ninguém, mas pareceu surpreso de ver tantas flores.

Sentia-se que ele estava fora da realidade, que mal se dava conta do que se passava ao redor. A sra. Batille mostrava mais serenidade, embora às vezes enxugasse os olhos sob o leve véu negro que lhe cobria o rosto.

Minou, a irmã, que Maigret via pela primeira vez vestida de preto, parecia mais alta e mais magra, e era a única a estar atenta a tudo o que a cercava.

Outros fotógrafos, estes da imprensa, tiraram algumas fotos. Tias, tios, parentes mais ou menos distantes vinham a seguir, e certamente também os altos funcionários dos perfumes e produtos de beleza.

O carro fúnebre pôs-se em marcha, os carros de flores e a família seguiram atrás, depois os amigos, estudantes, professores e finalmente os comerciantes do bairro.

Alguns dos que estavam ali se dirigiram à Pont-Marie ou à Pont-Sully para retornar às suas ocupações, enquanto outros seguiram até a igreja.

Maigret e Lapointe estavam entre estes. Eles foram andando pela calçada e, na Rue Saint-Louis-en-Île, encontraram uma outra multidão que não estava presente antes, no Quai d'Anjou. A igreja já estava quase cheia. Da rua ouvia-se o grave murmúrio do órgão, e o ataúde foi levado até o catafalco, coberto com apenas uma parte das flores.

Muitos ficaram do lado de fora. As portas não foram fechadas, e a cerimônia começou no momento em que o sol e o frescor penetravam na igreja.

– *Pater Noster...*

O padre, muito idoso, contornou o catafalco com o aspersório e depois balançando o turíbulo.

– *Et ne nos inducat in tentationem...*

– *Amen...*

Na rua, Van Hamme continuava trabalhando.

– Qual é o cemitério? – perguntou Lapointe em voz baixa, inclinado sobre o ombro do comissário.

– Montparnasse... Os Batille têm um jazigo de família...

– Vamos até lá?

– Creio que não...

Por sorte apareceram vários agentes de trânsito para comandar a circulação. A família direta instalou-se num primeiro carro. Os parentes mais distantes acompanharam-na, seguidos dos colaboradores de Batille, dos amigos que saíam a buscar seus carros e tentavam abrir caminho.

Aos poucos a multidão se dispersou. Alguns grupos ainda conversavam nas calçadas.

– Podemos voltar... – suspirou Maigret.

Eles atravessaram a passarela atrás da Notre-Dame, pararam num bar na esquina do Boulevard du Palais.

– O que vai beber?

– Vinho branco... Um vouvray...

Porque a palavra *vouvray* estava escrita com giz nos espelhos.

– Eu também... Dois vouvray...

Era cerca de meio-dia quando Van Hamme entrou na sala de Maigret, com as provas das fotos na mão.

– Ainda não acabei, mas gostaria de lhe mostrar desde já uma coisa... Estamos em três examinando as fotos com o auxílio de uma lupa grossa... Este sujeito me chamou a atenção de imediato...

A primeira foto, no Quai d'Anjou, mostrava apenas uma parte do corpo e do rosto, pois havia uma mulher ao lado se esforçando para chegar à primeira fila.

O homem vestia uma capa bege clara e um chapéu escuro. Era bastante jovem, cerca de trinta anos. O rosto não tinha nada de especial, e ele parecia franzir as sobrancelhas como se algo, a seu redor, o incomodasse.

– Aqui está uma foto um pouco melhor...

O mesmo rosto, aumentado. Via-se na boca, bastante grande, como que um descontentamento, e o olhar era o de um tímido.

– É também no Quai d'Anjou. Veremos se ele aparece nas fotos tiradas diante da igreja, que estamos revelando. Desci para lhe trazer estas por causa da capa...

– Não havia outras capas?

– Várias, mas somente três com cinto. Um homem de certa idade, com barba, e um de uns quarenta anos, sem chapéu e fumando cachimbo...

– Traga-me depois do almoço tudo o mais que tiver encontrado.

No fundo, a capa não significava grande coisa. Se o assassino de Batille tivesse lido os jornais da manhã, sabia que estes haviam publicado sua descrição. Por que então vestir a mesma roupa que a da noite na Rue Popincourt? Porque ele não tinha outra? Por desafio?

Maigret almoçou mais uma vez na Brasserie Dauphine, com Lapointe apenas, pois Janvier e Lucas não estavam na casa.

Às duas e meia, Maigret recebeu um telefonema que o tranquilizou. Foi como se de repente uma boa parte das suas preocupações se desvanecesse.

– Alô! É o comissário Maigret? Vou lhe passar o sr. Frémiet, nosso redator-chefe. Aguarde na linha...

– Alô... Maigret?...

Os dois se conheciam há muito tempo. Frémiet era o redator-chefe de um dos maiores jornais matutinos.

– Não estou lhe telefonando para saber como anda o inquérito, mas porque acabamos de receber uma mensagem bastante curiosa... Além disso, ela chegou pelo pneumático*, o que é raro para uma comunicação anônima...

---

* Sistema de remessa rápida do correio através de tubos pressurizados, que funcionou em Paris de 1866 a 1984. (N.T.)

– Estou escutando...

– Você sabe que publicamos hoje de manhã a foto dos membros da gangue de Jouy-en-Josas... Debaixo da foto do marujo, meu redator insistiu em colocar a menção: *É ele o assassino?...*

– Eu vi...

– É esse recorte que acaba de nos chegar com uma única palavra, em tinta verde, escrita em grandes caracteres: *Não!...*

Foi nesse momento que o rosto de Maigret se iluminou.

– Se permitir, mandarei buscar essa mensagem por um dos meus agentes... Sabe em que sede do correio o pneumático foi postado?

– Rue du Faubourg-Montmartre... Posso lhe pedir, comissário, para não passar a informação a meus colegas?... Só poderei publicar esse documento amanhã de manhã... Já foi fotografado e faremos um clichê... A menos que nos peça para guardar segredo...

– Não... Pelo contrário... Eu gostaria mesmo que o comentassem... O melhor seria emitir a opinião de que se trata de um gracejo, sublinhando que o verdadeiro assassino não arriscaria comprometer-se desse modo...

– Acho que compreendo...

– Obrigado, Frémiet... Envio-lhe alguém em seguida...

Ele foi à sala dos inspetores, enviou um deles à Champs-Élysées, e pediu a Lapointe que o acompanhasse até sua sala.

– Parece muito animado, chefe...

– Não muito! Não muito! Pode ser ainda que eu esteja enganado...

E contou a história da foto recortada do jornal e do *Não!* escrito em tinta verde.

– Mesmo essa tinta verde me parece interessante...

– Por quê?

– Porque quem deu sete facadas, em duas séries, por assim dizer, debaixo de uma chuva forte, quando um casal se aproximava na calçada e uma mulher olhava pela janela, não me parece ser um homem como qualquer outro...

"Várias vezes notei que as pessoas que utilizam tinta verde ou tinta vermelha sentem uma necessidade profunda de se distinguir. Para elas não é apenas uma maneira de fazer isso..."

– Está querendo dizer que é um louco?

– Não chego a esse ponto... Muitos diriam: um tipo original... E há tipos assim de todos os graus...

Van Hamme entrou na sala e trazia dessa vez uma pilha de fotos, algumas ainda úmidas.

– Voltou a encontrar o homem da capa?

– Há somente três pessoas, além da família e dos íntimos, que aparecem nos três lugares: no Quai d'Anjou, diante da igreja e finalmente, não longe do jazigo, no cemitério Montparnasse...

– Mostre...

– Primeiro esta mulher...

Uma mulher jovem, 25 anos mais ou menos, de rosto patético. Estava visivelmente inquieta, atormentada. Vestia um casaco preto muito simples e os cabelos caíam em desalinho dos dois lados do rosto.

– O senhor me disse para me ater apenas aos homens, mas pensei...

– Compreendo...

Maigret olhava-a intensamente, como para penetrar no seu segredo. Parecia uma mulher do povo que dava muito pouca atenção à aparência.

Por que estaria tão comovida quanto os membros da família, mais comovida do que Minou, por exemplo?

Minou lhe dissera que o irmão provavelmente nunca havia dormido com uma mulher. Ela estava certa disso? Não podia ter se enganado? Antoine não teria tido uma namorada?

No estado de espírito que animava sua busca de vozes humanas nos bairros mais populares, não era uma mulher desse tipo que teria chances de interessá-lo?

– Daqui a pouco, Lapointe, quando tivermos terminado, você voltará à Île Saint-Louis. Não sei por que, mas posso imaginá-la vendedora de uma mercearia, de uma leiteria, sei lá... Talvez serviçal num café ou restaurante...

– O segundo personagem – anunciou Van Hamme, exibindo a foto ampliada de um homem de cinquenta anos.

Se houvesse um pouco mais de desordem em suas roupas, poderia ser tomado por um mendigo. Olhava reto à frente, com um ar resignado, e era difícil saber o que podia interessá-lo nesse enterro.

Também era difícil imaginá-lo desferindo sete facadas num jovem e fugindo em seguida. O criminoso não viera de carro, era quase certo. O mais provável é que tivesse tomado o metrô na estação Voltaire, próxima do local onde a agressão foi cometida. O funcionário da estação tinha lembranças apenas confusas, pois seis ou sete pessoas haviam chegado à plataforma no intervalo de um ou dois minutos. Ele perfurava os bilhetes sem levantar a cabeça, maquinalmente.

– Se eu tivesse que olhar todos os que passam, ficaria tonto... Cabeças e mais cabeças... Rostos quase sempre mal-humorados...

Por que esse homem de roupas surradas havia permanecido diante do prédio, depois diante da igreja, e por que fora a seguir até o cemitério Montparnasse?

– E o terceiro? – perguntou Maigret.

– O senhor já o viu. É o que lhe mostrei esta manhã. Observe que ele não se esconde. Deve ter notado a minha presença nos três lugares. Aqui, na aleia do cemitério, olha para mim com curiosidade, como se quisesse saber por que fotografo a multidão e não o ataúde ou a família...

– É verdade... Não parece inquieto nem preocupado... Deixe comigo essas fotos... Vou examiná-las com calma... Obrigado, Van Hamme... Diga a Moers que fiquei muito contente com o trabalho que você fez...

– E então – perguntou Lapointe quando ficou a sós com Maigret –, vou à Île Saint-Louis tentar descobrir algo sobre a moça?

– Certamente é inútil, mas vale a pena tentar. Veja se Janvier já chegou...

Este não tardou a entrar na sala e olhou com curiosidade a pilha de fotos.

– Olá, meu caro Janvier. Eu gostaria que você fosse à Sorbonne. Acho que não terá dificuldade de se informar, na secretaria, sobre os cursos que Antoine Batille frequentava...

– Devo interrogar seus colegas?

– Exatamente... Ele talvez não tivesse amigos verdadeiros, mas devia às vezes bater papo com outros estudantes...

"Aqui está a primeira foto, a de uma moça que hoje de manhã, no enterro, parecia emocionada e fez todo o caminho até o cemitério... Talvez alguém o tenha visto com ela... Talvez tenham apenas ouvido falar dela..."

– Certo...

– Esta outra fotografia é a de um homem de capa que estava no Quai d'Anjou, depois diante da igreja e finalmente no cemitério Montparnasse... Para todos os efeitos, mostre-a também... Espero que haja aulas hoje à tarde, você poderia esperar a saída...

– Interrogo os professores?

– Não creio que eles tenham a oportunidade de conhecer seus alunos... Mas faça isso!... E mais uma foto... Esta provavelmente não tem relação alguma com o caso, mas não convém negligenciar nada...

Quinze minutos depois, traziam a Maigret o recorte de jornal com a palavra *Não!* em tinta verde. A palavra fora escrita em letras de fôrma de cerca de dois centímetros de altura e sublinhada com um traço firme. O ponto de exclamação era ainda maior.

Isso indicava um protesto veemente. Quem traçou esses caracteres devia estar indignado que pudessem atribuir a um sujeito miserável como o ex-marujo o homicídio da Rue Popincourt.

Maigret ficou mais de quinze minutos imóvel diante do recorte de jornal e das fotos, fumando devagar o cachimbo, e então, como que maquinalmente, pegou o telefone.

– Alô... Frémiet?... Ainda bem que o encontro ainda aí... Obrigado pelo documento, me parece muito interessante... Cheguei a pensar em colocar um anúncio no jornal de amanhã, mas é possível que ele não leia os classificados.

"Haverá certamente mais um artigo sobre o caso..."

– Nossos repórteres estão investigando os assaltos anteriores... Alguns trabalham num raio de cinquenta quilômetros de Paris, mostrando as fotos dos gângsteres a todos os vizinhos das casas de campo visitadas...

– Você poderia, abaixo do artigo ou dos artigos, publicar as seguintes linhas:

"O comissário Maigret desejaria saber sobre o que se baseia a afirmação de quem enviou o pneumático ao jornal. Pede-lhe, se possui informações interessantes,

a gentileza de entrar em contato com ele, por carta ou por telefone."

– Compreendo. Pode repetir o texto, para ver se anotei certo cada palavra?...

Maigret repetiu pacientemente.

– Perfeito!... Não apenas publicarei esse aviso na primeira página, mas colocarei num boxe... Esteja preparado para receber cartas ou telefonemas de loucos...

Maigret sorriu.

– Estou acostumado... Aliás, você também... A polícia e as redações de jornal...

– É mesmo... Não deixe de me manter informado...

E o comissário mergulhou na leitura dos jornais vespertinos que tinham acabado de lhe trazer, resmungando a cada vez que descobria uma nova inexatidão. Havia em média uma, ou pelo menos um exagero, por parágrafo, e os ladrões de quadros eram vistos como um dos bandos mais misteriosos e mais bem organizados de Paris. A manchete mais recente dizia:

Quando será detido o Cérebro?

Como nas novelas da televisão!

Ele enviou o artigo e a fotografia do ex-marujo com o *Não!* em letras verdes ao serviço antropométrico, para descobrir eventualmente impressões digitais. A resposta não se fez esperar.

– Um polegar sobre a fotografia e uma boa imagem do indicador no verso do papel. Estas impressões não correspondem a nenhuma do fichário...

O que indicava, evidentemente, que o assassino de Antoine Batille nunca fora detido e, com mais razão, que nunca fora condenado.

Maigret não estava surpreso com isso e ia retomar a leitura dos jornais quando Lapointe entrou correndo, muito excitado.

– Um tiro na mosca, chefe!... Perdão, um lance de sorte... E o senhor é que tinha razão... Ao cruzar a passarela, vi que não tinha mais cigarros... Tomei a Rue Saint-Louis-en-Île... Entrei num café-tabacaria da esquina e quem é que vejo?

– A moça cuja foto lhe entreguei...

– Isso mesmo... Ela é a atendente... Vestido preto e avental branco... Numa mesa, um grupo de quatro homens jogava cartas, um deles parecia ser o dono do café... Peguei meus cigarros e fui me sentar...

"Quando ela me perguntou o que eu queria beber, pedi um café e ela foi preparar um expresso no balcão.

"– A que horas fecha, à noite?

"Ela me olhou com um ar surpreso.

"– Depende da noite. Eu saio às sete, porque sou eu que abro de manhã...

"Devolveu-me o troco e se afastou sem prestar mais atenção em mim... Preferi não falar com ela diante do patrão... Pensei que o senhor mesmo gostaria de fazer isso..."

– Fez bem.

– Ela parece estar sempre a ponto de chorar. Vai de um lado a outro como se estivesse perdida e tem as narinas vermelhas...

Quanto a Janvier, ele só voltou ao Quai às seis da tarde.

– Havia uma aula de sociologia e parece que ele nunca faltava a essa disciplina... Esperei no pátio... Eu via os alunos na sala e, terminada a aula, eles saíram ao ar livre.

"Interpelei uns três sem sucesso.

"– Antoine Batille?... Aquele de quem falam nos jornais?... Sim, conheço, mas não conversávamos... Se você encontrar por acaso um cara chamado Harteau..."

E o terceiro estudante interpelado olhou ao redor e de repente chamou alguém, voltando-se para um jovem que se afastava:

– Harteau!... Harteau!... É com você...

E, a Janvier:

– Já vou indo... Tenho que pegar um trem...

Outros partiam de moto, de bicicleta.

– Quer falar comigo? – perguntou um rapaz alto de rosto pálido, olhos cinza-claros.

– Parece que você era amigo de Antoine Batille...

– Amigo, nem tanto... Ele não se relacionava facilmente... Digamos que eu era um colega, que às vezes conversávamos no pátio ou bebíamos juntos uma cerveja... Só uma vez fui à sua casa e não me senti muito à vontade... Devo lhe dizer que sou filho de uma zeladora da Place Denfert-Rochereau... Não me envergonho... Na casa dele eu não sabia como me comportar...

– Você foi ao enterro hoje de manhã?

– Só na igreja... Depois eu tinha uma aula importante...

– Sabe se seu colega tinha inimigos?

– Com certeza nenhum...

– Ele era estimado?

– Também não... Ninguém se interessava por ele assim como ele não se interessava pelos outros...

– E você? O que achava dele?

– Era um tipo bastante... era muito mais sensível do que deixava transparecer... Acho que era sensível demais e se fechava com facilidade...

– Ele lhe falou do gravador?

– Um dia chegou mesmo a pedir que o acompanhasse... Aquilo o apaixonava... Dizia que a voz das pessoas é mais reveladora do que sua imagem mostrada numa fotografia... Lembro-me de uma frase:

"– *Existem milhares de caçadores de imagens... Não conheço ainda caçadores de sons...*

"Ele esperava ganhar, no Natal, um minigravador fabricado no Japão... Dos que cabem na palma da mão... Ainda não há na França, mas parece que serão importados... Deve ter lido a respeito em alguma revista..."

Janvier não havia esquecido de perguntar a Harteau se Batille tinha namoradas.

– Namoradas, não... Ao menos que eu soubesse... Não fazia o seu gênero... Além do mais era tímido, reservado... Nas últimas semanas, porém, ele se apaixonou...

"Não conseguiu se conter e veio me falar... Precisava se abrir com alguém, e sua irmã tinha o hábito de zombar dele, dizendo que ele era a menina e ela o rapaz da casa...

"Não conheci sua namorada, mas ela trabalha na Île Saint-Louis e ele a via toda manhã às oito horas... Era quando ela estava sozinha no café-tabacaria... O dono do café ainda dormia e sua mulher limpava a casa no andar de cima...

"Eles eram interrompidos a todo momento por fregueses, mas mesmo assim tinham alguns instante para ficar a sós..."

– Era um namoro sério?

– Acho que sim...

– Quais eram as intenções dele?

– De que ponto de vista?

– Quais eram os planos dele para o futuro, por exemplo?

– Ele queria, no ano que vem, frequentar as aulas de antropologia... Seu sonho era ser professor na Ásia, na África, na América do Sul, sucessivamente, a fim de estudar as diferentes etnias... Gostaria de provar que elas se assemelham basicamente, que as diferenças se apagarão quando as condições de existência forem iguais em todas as latitudes...

– Ele pretendia se casar?

– Não falava disso ainda... Era muito recente... Em todo caso, não queria casar com uma mulher do mesmo meio que o dele...

– Ele se revoltava contra os pais, contra a família?

– Nem tanto... Lembro que um dia ele me disse: "*– Quando volto para casa, imagino-me em 1900...*"

– Eu lhe agradeço... Desculpe-me por ter tomado o seu tempo...

E Janvier concluiu assim o relato:

– O que diz disso, chefe? ... E se essa moça tiver um irmão?... E se eles foram mais longe do que imagina o jovem Harteau?... E se o irmão pôs na cabeça que o rapaz dos perfumes Mylène nunca se casaria com sua irmã?... Percebe onde quero chegar?...

– Agora não é você que está sendo um pouco 1900, meu caro Janvier?

– Isso ainda acontece, não?

– Não leu as estatísticas?... Os crimes ditos passionais diminuíram pela metade, a ponto de parecerem um delicioso anacronismo...

"Na verdade, Lapointe a descobriu e ela trabalha de fato na Île Saint-Louis. Daqui a pouco tentarei ter uma conversa com ela..."

– O que faço agora?

– Nada. As ocupações de rotina. Vamos esperar.

Às seis e quinze, Maigret tomou um aperitivo na Brasserie Dauphine, onde encontrou dois de seus colegas. No Quai acontecia de eles ficarem às vezes semanas sem se ver, cada um como que encerrado no seu serviço. A Brasserie Dauphine era o terreno neutro no qual todos acabavam por se encontrar.

– Então, e esse crime da Rue Popincourt? Você agora passou a trabalhar para a Rue des Saussaies?

Às dez para as sete, Maigret dirigiu-se até a Rue Saint-Louis-en-Île e pôde ver a moça, no café-tabacaria, atendendo os fregueses.

A mulher do dono estava no caixa, e ele no balcão. Era a hora da breve movimentação do aperitivo do fim da tarde.

Às 19h05, a moça atravessou uma porta e reapareceu alguns instantes depois, vestindo o casaco com que era vista na fotografia. Disse algumas palavras à mulher do dono e saiu. Dirigiu-se diretamente para o Quai d'Anjou, sem olhar para os lados, e Maigret precisou acelerar o passo para alcançá-la.

– Perdão, senhorita...

Ela se assustou e esteve a ponto de correr.

– Sou o comissário Maigret... Gostaria de lhe falar a respeito de Antoine...

Prontamente ela se deteve, olhou para ele com uma espécie de angústia.

– O que foi que disse?

– Que eu gostaria de lhe falar a...

– Eu ouvi. Mas não compreendo. Eu não...

– É inútil negar, senhorita...

– Quem lhe disse?...

– Sua foto, ou melhor, várias de suas fotos... Você estava esta manhã em frente ao prédio onde o corpo dele estava sendo velado, com um lenço entre os dedos crispados... Estava na entrada e na saída do serviço fúnebre e, depois, no cemitério...

– Por que me fotografaram?

– Se me der um instante e andar comigo, eu explicarei... Estamos atrás do assassino de Antoine Batille... Não temos, por assim dizer, nenhuma pista segura, nenhuma indicação útil...

"Na esperança de que o assassino fosse atraído pelo enterro de sua vítima, mandei tirar fotos dos curiosos no local... O fotógrafo tentou então descobrir que pessoas estavam no Quai d'Anjou, diante da igreja e no cemitério..."

Ela mordeu os lábios. Eles caminhavam com naturalidade ao longo do Quai e passaram defronte ao prédio onde viviam os Batille. Os tecidos pretos com lágrimas prateadas haviam desaparecido. Havia luz em todos os andares. O prédio retomara seu ritmo de vida habitual.

– O que o senhor quer de mim?

– Que me diga tudo o que sabe de Antoine... Você era a pessoa mais próxima dele...

Ela corou bruscamente.

– O que o faz pensar isso?

– Foi ele que disse, de uma outra maneira... Ele tinha um colega na Sorbonne...

– O filho da zeladora?

– Sim...

– Era o único... Nos outros ele não confiava... Tinha sempre a impressão de ser diferente...

– Pois bem, ele deu a entender a esse Harteau que tinha a intenção de um dia casar com você...

– Tem certeza de que ele disse isso?

– Ele não lhe disse?

– Não... Eu não teria aceitado... Não somos do mesmo mundo...

– Talvez ele não pertencesse a nenhum mundo a não ser o seu próprio...

– Além do mais, os pais dele...

– Há quanto tempo vocês se conheciam?

– Desde que trabalho no café-tabacaria... Faz quatro meses... Foi no inverno, eu lembro... Nevava no primeiro dia em que o vi... Ele comprou um maço de Gitanes... Vinha todos os dias comprar um...

– Quanto tempo levou até que ele a esperasse à saída?

– Mais de um mês...

– Tornaram-se então amantes?

– Hoje faz exatamente uma semana...

– A senhorita tem um irmão?

– Tenho dois... Um no exército, na Alemanha, o outro trabalha em Lyon...

– Sua família é de Lyon?

– Meu pai nasceu lá... Agora que já faleceu, a família se dispersou e sou a única em Paris com minha mãe... Moramos na Rue Saint-Paul... Trabalhei numa grande loja, mas não aguentei... Era muito cansativo para mim... Quando soube que procuravam uma garçonete na Rue Saint-Louis-en-Île...

– Antoine não tinha inimigos?

– Por que ele teria inimigos?

– A mania que tinha de levar seu gravador a lugares mal-afamados...

– Ninguém prestava atenção nele... Sentava-se num canto ou se encostava no balcão... Levou-me duas vezes com ele...

– Encontravam-se todas as noites?

– Ele vinha me buscar na tabacaria e me levava para casa. Uma ou duas vezes por semana íamos ao cinema...

– Posso saber como a senhorita se chama?

– Mauricette...

– E o sobrenome?

– Mauricette Gallois...

Eles fizeram o caminho de volta, lentamente, atravessaram a Pont-Marie e estavam agora na Rue Saint-Paul.

– Cheguei. Tem algo mais a me perguntar?

– Por ora não... Eu lhe agradeço, Mauricette... E coragem!...

Maigret suspirou e, no metrô Saint-Paul, pegou um táxi que o levou para casa em poucos minutos. Procurou não mais pensar no inquérito e, após ter ligado a televisão, por hábito, desligou em seguida temendo que falassem ainda da Rue Popincourt e dos ladrões de quadros.

– Em que está pensando?

– Que vamos ao cinema e que esta noite o tempo está quase agradável. Podemos passear pelos *grands boulevards*.

Era um dos seus prazeres mais seguros. Depois de alguns passos, a sra. Maigret dava-lhe o braço e eles avançavam lentamente, parando às vezes para olhar uma vitrine. Não mantinham uma conversa contínua, falavam de uma coisa e de outra, de um rosto que passava, de um vestido, da última carta recebida da cunhada...

Naquela noite Maigret tinha vontade de ver um western e eles tiveram de ir até a Porte Saint-Denis para encontrar um. No intervalo, ele se ofereceu uma dose de calvados e sua mulher contentou-se com um chá de verbena.

À meia-noite as luzes se apagavam no seu apartamento. O dia seguinte era um sábado, 22 de março... Na véspera, Maigret não pensou que era o primeiro dia da primavera, e esta cumpriu de fato a expectativa. A manhã estava luminosa quando ele passou pelo Quai d'Anjou, diante do local do velório.

Às nove horas, recebeu um telefonema do juiz Poiret.

– Nada de novo, Maigret?

– Ainda não, sr. juiz... Em todo caso, nada de preciso...

– Você não acha que esse marujo... Como é que ele se chama mesmo?... Yvon Demarle...

– Estou convencido de que, embora esteja muito envolvido no caso dos quadros, ele não tem nada a ver com o assassinato da Rue Popincourt...

– Tem alguma ideia?

– A coisa começa a se esboçar... É ainda muito vago para que eu lhe fale, mas aguardo para breve alguns desdobramentos...

– Um crime passional?

– Acho que não...

– Assalto por dinheiro?

Ele tinha horror dessas classificações.

– Ainda não sei...

Não tardaria muito para que ele tivesse novidades. Meia hora mais tarde o telefone tocou. Era o chefe de redação de um dos jornais vespertinos.

– Comissário Maigret?... Aqui é Jean Rolland... Não estou lhe perturbando?... Não se preocupe, não ligo para lhe pedir informações, ainda que, se as tiver, elas serão sempre bem-vindas...

Maigret não tinha relações muito cordiais com o diretor desse jornal, justamente porque este se queixava de não ser nunca o primeiro avisado das notícias policiais importantes...

"– Nossa tiragem equivale à de três outros jornais... Seria natural..."

Não se tratava de uma guerra entre eles, mas de uma espécie de queixa. Era certamente por isso que o chefe de redação telefonava em lugar do patrão.

– Leu nossos artigos de ontem?

– Passei os olhos...

– Tentamos analisar a possibilidade de uma ligação estreita entre os dois casos... No final das contas, encontramos tanto elementos a favor quanto elementos contra...

– Entendo...

– Mas esse artigo nos valeu uma carta, encontrada na correspondência da manhã, que vou ler para o senhor...

– Um instante... O endereço está escrito em letras de fôrma?...

– Exato... A carta também...

– Suponho que se trata de um papel ordinário como o que é vendido em maços de seis, em tabacarias e papelarias...

– Exato novamente... Recebeu uma outra carta?

– Não... Continue...

– Eu vou ler:

Sr. diretor,

Li com atenção os artigos publicados nos últimos dias no seu estimável jornal acerca do que chamam o caso da Rue Popincourt e o caso dos quadros. Seu redator procura, aliás sem conseguir, estabelecer uma ligação entre esses dois casos.

Acho ingênuo, da parte da imprensa, pensar que foi por causa de uma fita cassete que o jovem Batille foi atacado na Rue Popincourt. Aliás, o gravador nem foi levado pelo criminoso...

Quanto ao marujo Demarle, ele nunca matou ninguém com uma faca sueca.

Essas facas são vendidas em qualquer loja de quinquilharias e eu também possuo uma.

Só que a minha realmente matou Antoine Batille... Não me orgulho disso, acredite. Pelo contrário. Mas todo esse sensacionalismo me cansa. E principalmente eu não gostaria que um inocente como Demarle fosse condenado em meu lugar...

O senhor pode publicar esta carta se quiser. Garanto-lhe que não é senão a verdade.

Obrigado. Respeitosamente...

Claro que não havia assinatura.

– Acha que é uma piada, comissário?

– Não.

– Seria sério?

– Estou convencido disso... Evidentemente posso me enganar, mas há muitas chances de que essa carta tenha sido escrita pelo criminoso... Veja o selo e me diga onde foi postada...

– Boulevard Saint-Michel...

– Pode mandar fotografá-la caso tenha a intenção de publicar um fac-símile, mas gostaria que ela passasse pelo mínimo de mãos possível...

– Espera encontrar impressões digitais?

– Estou mais ou menos certo de encontrá-las...

– Elas apareceram no recorte de jornal no qual alguém escreveu a palavra *Não!* com tinta verde?

– Sim...

– Li o seu pedido... Espera que o assassino lhe telefone?

– Se é o tipo de homem que penso, ele o fará...

– Acho que é inútil lhe perguntar que tipo de homem se trata...

– De fato, por ora sou obrigado a me calar... Vou lhe enviar alguém para pegar essa carta e a devolverei quando o caso tiver terminado...

– Perfeito... Boa sorte...

Maigret virou-se em direção à porta, espantado. Joseph, o velho bedel, estava parado à entrada e, atrás dele, havia um homem de uniforme bege, com largas faixas marrom na calça. O boné também era bege e tinha um brasão com uma coroa dourada.

– Este senhor insiste em lhe entregar pessoalmente um pequeno pacote e não consegui me livrar dele.

– Do que se trata? – perguntou o comissário ao intruso.

– Uma entrega da parte do sr. Lherbier...

– O marroquineiro?

– Sim...

– Espera uma resposta?

– Não me pediram isso, mas recomendaram que entregasse o pacote em mãos. Foi o próprio sr. Lherbier que ontem, no final da tarde, me encarregou da entrega...

Maigret desembrulhou uma caixa de cartolina bege, com a marca da sempiterna coroa, e dentro da caixa viu uma carteira em pele de crocodilo, preta, com os quatro cantos reforçados em ouro. Aqui a coroa era também em ouro.

Um cartão de visita trazia simplesmente as palavras:

Como prova de gratidão.

O comissário repôs a carteira na caixa.

– Um instante – disse ao portador. – Certamente é mais habilidoso do que eu para refazer o pacote...

O homem olhou para ele, surpreso.

– Não lhe agrada?

– Diga a seu patrão que não tenho o hábito de receber presentes... Acrescente, se quiser, que mesmo assim agradeço o seu gesto...

– Não lhe escreverá?

– Não...

O telefone tocava com insistência.

– Tome!... Vá embalar o pacote lá fora... Estou muito ocupado...

E, finalmente a sós, atendeu o telefone.

CAPÍTULO VI

– É ALGUÉM QUE NÃO QUER DIZER o seu nome, sr. comissário. Quer atender assim mesmo? Ele afirma que o senhor sabe quem ele é...

– Eu atendo...

Ouviu o sinal de passagem da ligação e pronunciou com uma voz que não era inteiramente a sua voz habitual:

– Alô...

E, após um momento de silêncio, um interlocutor que parecia distante repetiu como um eco:

– Alô...

Ambos estavam nervosos e Maigret prometeu a si mesmo evitar tudo o que pudesse assustar seu interlocutor.

– O senhor sabe quem está falando?

– Sim...

– Sabe o meu nome?

– O seu nome não tem importância...

– Não tentará descobrir de onde estou telefonando?

O tom era hesitante. O homem estava inseguro e tentava criar coragem.

– Não...

– Por quê?

– Porque isso não me interessa...

– Não acredita em mim?

– Acredito...

– Está convencido de que sou o homem da Rue Popincourt?

– Sim...

Houve dessa vez um silêncio bastante longo, depois a voz perguntou, tímida, inquieta:

– Ainda está aí?

– Sim... Estou escutando...

– Já fizeram chegar ao senhor a carta que enviei ao jornal?

– Não, ela me foi lida ao telefone.

– Recebeu o recorte com a foto?

– Sim...

– Acredita em mim? Não me toma por um doido?

– Eu já lhe disse...

– O que é que acha de mim?...

– Em primeiro lugar, sei que nunca sofreu uma condenação...

– Por causa das minhas impressões digitais?

– Exatamente... Você está habituado a uma vida modesta, regular...

– Como adivinhou?

Maigret calou-se e o outro foi novamente tomado de pânico:

– Não desligue...

– Tem muitas coisas a me dizer?

– Não sei... Talvez... Não tenho ninguém a quem falar...

– Você não é casado, não é?

– Não...

– Vive sozinho... Hoje está de folga, talvez tenha telefonado a seu escritório dizendo que estava doente...

– Está tentando me fazer dizer coisas que o ajudem a me localizar... Tem certeza de que seus auxiliares não estão tentando descobrir o lugar de onde falo?

– Eu lhe dou a minha palavra...

– Então não tem pressa de me prender?

– Sou como você. Alegro-me que isso tenha terminado...

– Como sabe?

– Você escreveu aos jornais...

– Não quero que persigam um inocente...

– Não é essa a verdadeira razão...

– Acha que estou querendo ser preso?

– Inconscientemente, sim...

– O que mais pensa de mim?

– Que se sente perdido...

– A verdade é que tenho medo...

– Medo de quê? De ser preso?

– Não... Pouco importa... Já falei demais... Eu queria lhe falar, ouvir a sua voz... O senhor me despreza?

– Não desprezo ninguém...

– Nem mesmo um criminoso?

– Nem mesmo!

– Sabe que me pegará um dia ou outro, não é?

– Sim...

– Tem alguma pista?

Por pouco Maigret, para terminar, não lhe confessou que já possuía sua fotografia, primeiro no Quai d'Anjou, depois diante da igreja, enfim no cemitério Montparnasse.

Seria suficiente publicar essas fotos nos jornais para que um certo número de pessoas lhe revelassem a identidade do assassino de Batille.

Se não o fez, é que sentia confusamente que, se o fizesse, o homem não esperaria ser preso e na certa seria encontrado morto no seu domicílio.

Era preciso que ele mesmo se revelasse, lentamente...

– Há sempre indícios, mas é difícil julgar seu valor...

– Vou desligar em seguida...

– O que vai fazer hoje?

– O que está querendo dizer?

– É sábado... Vai passar o domingo no campo?...

– Com certeza que não.

– Não tem carro?

– Não...

– É empregado de um escritório, não é verdade?

– É verdade... Como há dezenas de milhares de escritórios em Paris, posso lhe dar essa informação...

– Tem amigos?

– Não...

– Uma namorada?

– Não... Quando preciso, contento-me com o que encontro... Entende o que quero dizer?

– Estou convencido de que aproveitará este domingo para escrever uma longa carta aos jornais...

– Como faz para adivinhar tudo?

– Porque você não é o primeiro a quem isso acontece...

– E como foi que acabou em relação aos outros?

– Houve finais diferentes...

– Alguns se mataram?

Ele não respondeu e o silêncio reinou de novo na linha.

– Não tenho revólver e sei que agora é quase impossível comprar um sem uma autorização especial...

– Você não se suicidará...

– O que o leva a pensar assim?

– É que então não teria me telefonado...

Maigret enxugou a testa com um lenço. Essa conversa aparentemente quase banal, essas frases sem importância permitiam-lhe, no entanto, circunscrever cada vez mais o personagem.

– Vou desligar – disse a voz na outra ponta da linha.

– Pode me ligar na segunda-feira...

– Não amanhã?

– Amanhã é domingo e não estarei aqui no escritório...

– Não estará em casa?

– Pretendo fazer um passeio no campo com a minha mulher...

Cada frase tinha uma intenção.

– O senhor tem sorte...

– Sim...

– É um homem feliz?

– Relativamente, como a maior parte dos homens.

– Já eu nunca fui feliz...

E desligou bruscamente. Ou alguém havia tentado entrar na cabine, impaciente de vê-lo falar tanto tempo, ou a conversa o deixara com os nervos à flor da pele.

Não era um homem dado à bebida. Será que, para se recompor, abriria uma exceção? Ele telefonara de um café ou de um bar. Pessoas esbarravam nele, olhavam-no sem suspeitar que era um homicida.

Maigret ligou para sua mulher.

– O que me diz de passarmos o fim de semana em Meung-sur-Loire?

Ela ficou tão estupefata que ficou um momento muda.

– Mas... e o inquérito?...

– Ele precisa de um tempo para amadurecer...

– Quando vamos?

– Depois do almoço...

– De carro?

– É claro...

Embora já dirigisse há um ano, ela ainda não se sentia segura e sempre pegava o volante com uma insuperável apreensão.

– Compre algo para a janta desta noite, pois provavelmente chegaremos lá quando as lojas já estiverem fechadas... E algo também para um generoso café, amanhã de manhã... Ao meio-dia almoçaremos na pousada...

Não encontrou disponível, entre seus colaboradores mais próximos, senão o bravo Janvier, e o convidou a tomar um aperitivo.

– O que vai fazer amanhã?

– Sabe, chefe, domingo é o dia da minha sogra, dos tios e das tias das crianças...

– E nós iremos a Meung...

Ele e a mulher almoçaram rapidamente, no Boulevard Richard-Lenoir. Depois de lavar a louça, a sra. Maigret foi se trocar.

– Está frio?

– Fresquinho...

– Não posso pôr meu vestido floreado?

– Por que não? Vai levar um casaco, não?

Uma hora mais tarde, estavam na estrada com as dezenas de milhares de parisienses que saíam em busca de um pouco de verde.

Encontraram a casa tão limpa e arrumada como se a tivessem deixado na véspera, pois uma mulher da região vinha duas vezes por semana arejá-la, tirar a poeira e lustrar o chão. Era inútil falar a ela dos novos produtos de limpeza. Tudo estava encerado, inclusive os móveis, e no ar havia um cheiro bom de terebintina.

O marido dela, por sua vez, cuidava do jardim, e Maigret descobriu pés de açafrão na relva e, junto à mureta do fundo, junquilhos e tulipas.

A primeira coisa que fez foi subir ao primeiro andar para pôr uma velha calça e uma camisa de flanela. Ele sempre tinha a impressão de que a casa, com suas vigas de madeira aparentes e seus recantos escuros, com a paz que ali reinava, se assemelhava a uma casa de pároco. Isso não o desagradava, pelo contrário.

A sra. Maigret já se ocupava na cozinha.

– Está com muita fome?

– Fome normal...

Aqui eles não tinham televisão. Depois da janta, quando a estação era um pouco mais quente, sentavam-se no jardim e olhavam o crepúsculo descer aos poucos e encobrir a paisagem.

Naquele fim de tarde eles foram passear tranquilos, descendo até o rio Loire, cujas águas, após as chuvas do começo da semana, corriam lamacentas, arrastando galhos de árvores.

– Está preocupado?

Ele ficou algum tempo sem dizer nada.

– Não exatamente preocupado... O homicida de Antoine Batille me telefonou hoje de manhã...

– Para provocar você?... Para desafiá-lo?...

– Não... Ele precisava de ajuda...

– E foi a você que ele pediu?

– Não tinha ninguém mais à sua disposição...

– Tem certeza de que ele é o assassino?

– Eu disse homicida... Um assassinato supõe premeditação...

– O gesto dele não foi premeditado?

– Não exatamente, a menos que eu me engane...

– Por que ele escreveu aos jornais?

– Você leu?

– Sim... De início achei que fosse uma farsa... Sabe quem ele é?

– Não, mas eu poderia descobrir dentro de 24 horas...

– Não está interessado em prendê-lo?

– Ele se entregará espontaneamente...

– E se não se entregar?... Se cometer um novo crime...

– Não acho que...

Mas o comissário continuava em dúvida. Tinha ele o direito de estar tão seguro de si? Pensou em Antoine Batille, que sonhava em estudar os homens dos trópicos e queria casar com a jovem Mauricette.

Não tinha 21 anos e fora abatido numa poça d'água, na Rue Popincourt, para nunca mais se levantar.

Teve um sono agitado essa noite. Por duas vezes abriu os olhos, acreditando ouvir a campainha do telefone.

– Ele não matará mais...

Esforçava-se por acreditar nisso.

– No fundo ele tem medo é dele mesmo...

Amanheceu com um belo sol de domingo, um sol de lembranças da infância. O jardim exalava um cheiro bom sob o orvalho e a casa cheirava a ovos com presunto.

O dia transcorreu sem incidentes, mas havia como que um véu sobre o rosto de Maigret. Ele não conseguia relaxar completamente e sua mulher percebia isso.

Na pousada foram recebidos de braços abertos e foi preciso brindar com todo mundo, pois eram considerados um pouco como se pertencessem ao lugar.

– Que tal um carteado hoje à tarde?

Por que não? Comeram *rilletes* de salmão, frango com vinho branco e, depois do queijo de cabra, pudim ao rum.

– Lá pelas quatro horas?

– Combinado...

Ele levou sua cadeira de vime até o canto mais abrigado do jardim e, no sol que lhe aquecia as pálpebras, não tardou a adormecer.

Quando despertou, a sra. Maigret lhe preparou café.

– Você dormia tão bem que dava gosto de ver...

Ele conservava como que um gosto de campo na boca e ainda acreditava ouvir à sua volta o zumbido das moscas.

– Não lhe pareceu estranho ouvir a voz dele ao telefone?

Ambos pensavam nisso, contra a vontade e cada um por seu lado.

– Depois de quarenta anos de profissão, ainda fico perturbado diante de um homem que matou...

– Por quê?

– Porque ele transpôs a barreira...

Não se explicou mais. Ele sabia o que estava dizendo. O homem que mata se separa, de certo modo, da sociedade. De um minuto para outro, deixa de ser um indivíduo como os demais.

Esse homem gostaria de se explicar... Uma onda de palavras está prestes a subir-lhe aos lábios, mas ele sabe que é inútil, que ninguém o compreenderá.

Mesmo os verdadeiros matadores, os profissionais. Eles se mostram agressivos, sarcásticos, porque têm necessidade de ser fanfarrões, de fazer os outros acreditarem que eles ainda existem como homens.

– Vai voltar muito tarde?

– Espero estar de volta antes das seis e meia...

Reencontrou seus amigos da região, homens bons para quem ele não era o famoso comissário Maigret mas um vizinho e, além do mais, um excelente pescador. A mesa de jogo estava disposta diante deles. As cartas, que haviam conhecido dias melhores, estavam um pouco pegajosas. O vinho branco da região era fresco e saboroso.

– É a sua vez de anunciar...

– Naipe de ouros...

Seu adversário da esquerda anunciou uma trinca, seu parceiro, uma quadra de damas.

– Trunfo...

A tarde passou com distribuir cartas, abri-las em leque, anunciar trincas e quadras. Era como um ronronar repousante. De vez em quando, o dono do bar vinha dar uma espiada no jogo de cada um e se afastava com um sorriso matreiro.

O domingo deve ter sido comprido para o homem que matara Antoine Batille. Maigret achava que ele não tinha ficado em casa. Teria um pequeno apartamento, com seus próprios móveis, ou moraria num quarto de hotel modesto, como mensalista?

Para ele seria melhor não permanecer entre quatro paredes, mas sair à rua para se misturar à multidão ou então entrar num cinema.

Na Rue Popincourt, terça-feira à noite, chovia tanto que parecia um dilúvio. Aliás, no canal da Mancha e no Mar do Norte, barcos de pesca haviam se perdido.

Isso não teria tido alguma importância? E quem sabe, também, a jaqueta de Antoine, seus cabelos compridos?

Maigret tentava não pensar nisso e concentrar-se apenas no jogo.

– Então, comissário, o que diz?

– Passo...

O vinho branco o deixara um pouco tonto. Não estava mais habituado. Bebia-se como água fresca e só depois é que se sentia os efeitos.

– Terei que ir embora...

– Encerramos em quinhentos pontos, certo?

– Tudo bem, quinhentos pontos...

Ele perdeu e pagou as rodadas de vinho.

– Vê-se que o senhor não tem jogado cartas em Paris... Anda meio enferrujado, não é verdade?

– Um pouco, sim...

– Venha para ficar um pouco mais na Páscoa...

– Espero... Gostaria muito... São os criminosos que...

Pronto! Sem querer pensava de novo no telefonema.

– Boa noite, senhores.

– Até sábado que vem?

– Talvez...

Não estava decepcionado. Tivera o fim de semana que decidira ter, mas não podia esperar que suas preocupações e suas responsabilidades não o acompanhassem ao campo.

– A que horas quer ir embora?

– Assim que tivermos comido alguma coisa. O que tem para a janta?

– O velho Bambois veio me oferecer uma carpa e a assei no forno...

Ele foi olhar com gula a pele inchada do peixe, de uma bela cor dourada.

Retomaram a estrada em baixa velocidade, pois a sra. Maigret ficava ainda mais apreensiva de dirigir à noite do que de dia. Maigret girou o botão do rádio, escutou sorrindo os avisos aos motoristas, depois as notícias do dia.

Falou-se sobretudo de política estrangeira e o comissário suspirou com alívio ao constatar que não era mencionado o caso da Rue Popincourt.

Ou seja, o homicida fora sensato. Nenhum crime. Nenhum suicídio. Apenas uma menina desaparecida no departamento de Bouches-du-Rhône. Esperava-se ainda encontrá-la viva.

Dormiu melhor do que na noite anterior e já havia amanhecido quando um caminhão, que soltava fortes descargas pelo cano de escapamento, o despertou. A mulher já não estava mais a seu lado.

Certamente acabara de levantar-se, pois seu lugar na cama ainda estava morno, e ela estava na cozinha preparando o café.

Inclinada sobre o corrimão da escada, a sra. Maigret o olhou descer com um passo pesado, um pouco como teria olhado um filho que vai enfrentar uma prova difícil. Ela não sabia muito mais do que diziam os jornais, mas o que os jornais ignoravam é com que energia ele tentava compreender e o quanto se concentrava durante alguns inquéritos. É como se ele se identificasse com aqueles que perseguia, sofrendo as mesmas angústias que eles.

Por sorte Maigret encontrou um ônibus com a parte traseira aberta e pôde assim continuar a fumar o seu primeiro cachimbo da manhã.

Pouco depois de chegar à sua sala, o comissário Grosjean o chamou pelo telefone.

– Como vão as coisas, Maigret?

– Muito bem. E você? E a sua quadrilha?

– Contrariamente ao que se podia esperar, Gouvion, o pobre vigia, é quem nos está sendo mais útil e nos permitiu encontrar testemunhas para dois dos assaltos, um no castelo de l'Épine, perto de Arpajon, outro numa mansão junto à floresta de Dreux.

"Gouvion ficava geralmente três ou quatro dias no local, espiando o entra e sai e indo comer ou beber alguma coisa na vizinhança.

"Acho que não tardará a abrir a boca e morder a isca. Sua mulher, que no passado trabalhou como figurante em óperas no Châtelet, suplica que ele o faça.

"Os quatro estão no presídio da Santé, em celas diferentes...

"Eu queria colocá-lo a par e lhe dizer mais uma vez obrigado...

"E o seu caso, como vai?"

– Avançando muito lentamente...

Meia hora mais tarde, como ele já esperava, era o diretor do jornal da manhã que queria lhe falar.

– Uma nova mensagem?

– Sim. Só que esta não veio pelo correio, foi depositada em nossa caixa de correspondência...

– Longa?

– Bastante... O envelope diz: *Entregar ao redator do artigo de sábado sobre o crime da Rue Popincourt.*

– Sempre em letras de fôrma?

– Parece que ele escreve normalmente desse modo... Posso ler?

– Se não se importa...

Sr. redator,

Li seus últimos artigos, em particular o de sábado, e, se não sou capaz de julgar acerca de seu valor literário, tenho a impressão de que busca realmente a verdade. Não é o que acontece com alguns de seus colegas que, correndo atrás do sensacionalismo, imprimem qualquer coisa mesmo com o risco de se contradizerem no dia seguinte.

Tenho, no entanto, uma crítica a lhe fazer. No seu último artigo, o senhor fala do "furioso" da Rue Popincourt. Por que essa palavra, ofensiva em primeiro lugar, e que além disso contém um julgamento? Pelo fato de ter havido sete facadas? Certamente, pois o senhor diz mais adiante que o homicida golpeou como um louco.

Não sabe que com palavras desse tipo pode causar muito mal? Algumas situações são bastante penosas por si mesmas para serem julgadas de um modo superficial.

Isso me lembra o ministro do Interior que, não faz muito tempo, ao falar de um rapaz de quinze anos, empregou a palavra "monstro" que, obviamente, toda a imprensa passou a utilizar.

Não estou pedindo que me tratem com deferência. Sei que aos olhos dos homens não sou mais do que um

matador. Mas eu gostaria de não ser atingido, ainda por cima, por palavras que sem dúvida passam pela cabeça daqueles que as utilizam.
Quanto ao resto, agradeço-lhe por sua objetividade.
Posso lhe dizer que telefonei ao comissário Maigret. Ele me pareceu compreensivo e as pessoas têm vontade de se abrir com ele. Mas até que ponto o seu trabalho não o obriga a desempenhar um papel, quando não a montar armadilhas?
Creio que telefonarei a ele novamente. Sinto-me muito cansado. Amanhã, porém, vou retomar meu trabalho no escritório. Sou um simples escrevente.
Assisti no sábado ao funeral de Antoine Batille. Vi seu pai, sua mãe, sua irmã. Gostaria que eles soubessem que nada tenho a reprovar a seu filho. Eu não o conhecia, nunca o tinha visto. Estou sinceramente arrependido do mal que lhe fiz.
Receba, sr. redator, toda a minha consideração.

– Publico?

– Não vejo nenhum inconveniente. Pelo contrário. Isso o encorajará a escrever de novo e, a cada carta, ele nos informa um pouco mais. Quando tiver fotocopiado a carta, faça a gentileza de me enviá-la. Pode ser pelo correio...

O telefonema esperado só aconteceu às 12h12, quando Maigret pensava em ir almoçar.

– Suponho que está me ligando de um café ou de um bar nas imediações do seu escritório, não é?

– É verdade. Estava impaciente?

– Eu ia sair para almoçar.

– Não sabia que eu telefonaria?

– Sabia.

– Leu minha carta? Imagino que eles lhe comunicaram por telefone. Por isso não lhe envio uma cópia...

– Tem necessidade que o público leia o que escreveu, não é mesmo?

– Gostaria que não fizessem ideias falsas... Porque alguém matou, fazem-se ideias falsas a seu respeito... O senhor também, provavelmente...

– Deve saber que já vi muitos...

– Eu sei...

– Houve casos de alguns me escreverem da prisão na Guiana... Outros, terminada a pena, vêm às vezes me ver...

– É verdade?

– Está se sentindo um pouco melhor?

– Não sei... Em todo caso, hoje de manhã pude trabalhar mais ou menos normalmente... É muito estranho pensar que as mesmas pessoas que se mostram naturais comigo se tornarão completamente diferentes se eu pronunciar apenas uma pequena frase...

– Tem vontade de pronunciá-la?

– Há momentos em que preciso me conter... Com o meu chefe de escritório, por exemplo, que me olha de cima...

– Você nasceu em Paris?

– Não. Numa cidadezinha do interior, não vou dizer qual pois isso o ajudaria a me identificar...

– O que fazia o seu pai?

– É contador numa... digamos, numa empresa bastante importante... O homem de confiança, sabe?... O imbecil que os patrões podem reter até as dez da noite e fazer vir nos sábados à tarde, quando não aos domingos...

– E sua mãe?

– Tem uma saúde ruim... Que eu me lembre, sempre esteve doente... Parece que foi em consequência do meu nascimento...

– Não tem irmãos nem irmãs?

– Não... Justamente por causa disso... Mesmo assim ela cuida da casa, que é muito limpa... Quando eu ia à escola, eu era também um dos alunos mais asseados...

"Meus pais são pessoas orgulhosas... Queriam que eu fosse médico ou advogado... Mas desisti dos estudos... Então eles pensaram que eu entraria na empresa onde meu pai trabalha, que é a maior da cidade... Eu não tinha vontade de ficar lá... Sentia-me sufocado... Vim para Paris..."

– Onde vive sufocado num escritório, não é?

– Só que, a partir do momento em que saio, ninguém me conhece. Sou livre...

Ele falava com mais desembaraço, com mais naturalidade do que da outra vez. Tinha menos medo. Os silêncios eram mais raros.

– O que pensa de mim?

– Já não me perguntou isso?

– Falo de mim em geral... Sem levar em conta a Rue Popincourt...

– Penso que como você há dezenas, centenas de milhares na mesma situação...

– A maioria é casada e tem filhos...

– Por que não se casou? Por causa da sua... doença?

– O senhor acredita realmente no que está dizendo?

– Sim.

– Cada palavra?

– Sim...

– Não consigo compreendê-lo... O senhor não é como eu imaginava que um comissário da Polícia Judiciária seria...

– Um comissário é como são todos os homens... Mesmo no Quai des Orfèvres somos diferentes uns dos outros...

– O que sobretudo não compreendo é o que me falou da última vez... Disse que em 24 horas poderia me identificar...

– É verdade...

– Como?

– Direi quando estivermos face a face...

– Que razão o leva a não fazer isso e a não me prender imediatamente?

– E se eu lhe perguntasse que razão o levou a matar?

Houve um silêncio mais significativo do que os outros e o comissário se perguntou se não tinha ido longe demais.

– Alô... – ele falou.

– Sim...

– Desculpe-me por ter sido tão direto. É preciso enfrentar as coisas...

– Eu sei... É o que tento fazer, acredite... O senhor talvez imagina que escrevo aos jornais e que lhe telefono porque sinto necessidade de falar de mim... No fundo, é porque tudo é muito falso!...

– O que é que é falso?

– O que as pessoas pensam... As perguntas que me farão no tribunal, se um dia isso acontecer... O discurso de acusação do promotor... Até mesmo, talvez sobretudo, a defesa do meu advogado...

– Já pensa assim tão longe?

– É necessário...

– Pretende se entregar?

– Está convencido de que o farei em breve, não?

– Sim...

– Acha que me sentirei mais aliviado?

– Estou certo disso...

– Serei encerrado numa cela e tratado como...

Não terminou a frase e Maigret evitou intervir.

– Não quero lhe reter por mais tempo. Sua mulher o espera...

– Ela certamente não se incomoda. Está acostumada.

Novo silêncio. Era como se ele não se resignasse a cortar a ligação que o unia a um outro homem.

– O senhor é feliz? – perguntou timidamente, como se essa pergunta o perseguisse.

– Relativamente feliz... Isto é, feliz como um homem pode ser...

– Eu, desde os catorze anos de idade, nunca fui feliz, nem um dia, nem uma hora, nem um minuto...

Bruscamente mudou de tom.

– Obrigado.

E desligou.

O comissário teve de ir, à tarde, ao gabinete do juiz Poiret.

– O inquérito está avançando? – este perguntou com a ponta de impaciência de todos os juízes de instrução.

– Está praticamente terminado.

– Significa que conhece o homicida?

– Ele me telefonou há pouco, esta manhã.

– Quem é?

Maigret tirou do bolso a foto ampliada de uma cabeça em meio à multidão, no sol do Quai d'Anjou.

– É esse jovem?

– Não é tão jovem assim. Tem uns trinta anos.

– Já o prendeu?

– Ainda não.

– Onde ele mora?

– Não sei nem seu nome nem seu endereço... Se eu publicasse essa foto, pessoas que o veem diariamente, os colegas, o zelador, sei lá, o reconheceriam e não deixariam de me informar...

– Por que não faz isso?

– É a pergunta que também o atormenta e que ele me fez hoje de manhã pela segunda vez...

– Ele já havia telefonado?

– Sim, no sábado...

– Comissário, percebe a responsabilidade que está assumindo?... Aliás, uma responsabilidade que partilho indiretamente, agora que vi essa fotografia... Não gosto disso...

– Eu também não... Só que, se eu me precipitar, ele provavelmente não se deixará prender e preferirá se matar...

– Teme que se suicide?

– Ele não tem muito a perder, o senhor não acha?

– Centenas de criminosos já foram presos e pouquíssimos tentaram o suicídio...

– E se ele fizesse parte justamente desses poucos?

– Ele voltou a escrever aos jornais?

– Deixou uma carta na caixa de correspondência de um jornal, ontem à noite ou esta madrugada...

– Essa mania é bastante conhecida, me parece. Se lembro bem dos meus cursos de criminologia, geralmente é coisa de paranoicos...

– Segundo os psiquiatras, sim.

– Não concorda com eles?

– Não tenho conhecimentos suficientes para contradizê-los. A única diferença entre eles e mim, é que não divido as pessoas em categorias...

– No entanto, é necessário...

– Necessário por quê?

– Para julgar, por exemplo...

– O meu papel não é julgar...

– Já haviam me prevenido que o senhor é difícil de lidar...

O magistrado disse isso com um ligeiro sorriso, mas mesmo assim era o que ele pensava.

– ...Vamos fazer um trato?... Hoje é segunda-feira... Digamos que, se até quarta à mesma hora...

– Estou escutando...

– ...se o seu homem não estiver na prisão, o senhor enviará a foto dele aos jornais...

– É realmente o que pensa?

– Concedo-lhe um prazo que considero suficiente...

– Está bem...

Maigret tornou a descer ao seu andar, abriu a porta da sala dos inspetores. Não tinha uma necessidade especial deles.

– Pode vir aqui, Janvier?

Na sua sala, foi abrir a janela, pois estava quente, e os ruídos da rua invadiram com brutalidade a peça. Sentou-se à mesa, escolheu um cachimbo curvo que fumava com menos frequência do que os outros.

– Nada de novo?

– Nada de novo, chefe...

– Sente-se...

O juiz não havia compreendido nada. Para ele, os criminosos eram definidos por este ou por aquele artigo do Código Penal.

Maigret sentia às vezes necessidade de pensar em voz alta.

– Ele me telefonou há pouco...

– Decidiu entregar-se?

– Tem vontade... Mas ainda hesita, como hesitamos em saltar na água gelada...

– Suponho que ele confia no senhor...

– Creio que sim. Mas ele sabe que não sou só eu. Estou voltando lá de cima... Quando o juiz de instrução começar a interrogá-lo, infelizmente ele se dará conta de algumas realidades...

“Sei um pouco mais a respeito dele... É originário de uma cidadezinha do interior, preferiu não me dizer qual... Isso significa que é uma cidade muito pequena, onde facilmente encontraríamos sua pista... O pai é contador, homem de confiança, como ele diz com certa amargura...”

– Entendo...

– Queriam fazer dele um advogado ou um médico... Não teve a coragem de continuar os estudos... Também não quis trabalhar na mesma empresa que o pai... Nada de original nisso, como eu disse a ele...

"É empregado num escritório... Vive sozinho... Tem uma razão para não se casar..."

– Ele disse qual?

– Não, mas acho que sei por que...

Maigret evitou, porém, falar mais sobre esse assunto.

– Nada mais posso fazer senão esperar. Ele certamente me ligará amanhã... Quarta-feira à tarde, terei de enviar sua fotografia aos jornais...

– Por quê?

– Ultimato do juiz de instrução... Ele não quer assumir por mais tempo, diz ele, a responsabilidade de esperar...

– O senhor espera que...?

A campainha do telefone tocou.

– É o seu correspondente anônimo, sr. comissário.

– Alô... Sr. Maigret?... Peço-lhe perdão por ter desligado esta manhã... Há momentos em que me digo que tudo isso não faz sentido... Sou como uma mosca que bate na vidraça, tentando escapar das quatro paredes da peça...

– Não está no escritório?

– Fui até lá... Estava cheio de boa vontade... Deram-me um dossiê urgente para examinar... Quando o abri e li as primeiras linhas, perguntei-me o que estava fazendo ali...

"Fui tomado de uma espécie de pânico e, a pretexto de ir ao banheiro, atravessei o corredor... Mal tive tempo de pegar, de passagem, minha capa e meu chapéu... Tinha medo de que me apanhassem, como se me sentisse perseguido..."

Desde o início, Maigret fizera um sinal a Janvier para que escutasse no segundo aparelho.

– Em que bairro está?

– Nos *grands boulevards*... Há mais de uma hora estou caminhando em meio à multidão... Há momentos em que odeio o senhor, em que suspeito que está tentando me enlouquecer, levando-me aos poucos a um estado de espírito tal que não me restará nada senão me entregar.

– Você bebeu?

– Como sabe?

Ele falava com mais veemência.

– Bebi dois ou três conhaques...

– Não tem o hábito de beber?

– Só um copo de vinho nas refeições, raramente um aperitivo...

– Fuma?

– Não...

– O que vai fazer agora?

– Não sei... Nada... Andar... Talvez sentar-me num café para ler os jornais da tarde...

– Não enviou outras mensagens?

– Não... Talvez eu escreva uma, mas não me resta muito mais a dizer...

– Mora em quarto alugado?

– Tenho meus próprios móveis, uma pequena cozinha e um banheiro...

– Você mesmo prepara suas refeições?

– Eu preparo o meu jantar...

– E você não tem cozinhado nos últimos dias?

– Não... Volto para casa o mais tarde possível... Por que me faz essas perguntas tão banais?

– Porque elas me ajudam a compreendê-lo...

– Faz a mesma coisa com todos os seus clientes?

– Depende do caso...

– Eles são muito diferentes uns dos outros?

– Todos os homens são diferentes... Por que não vem me ver?

Ele deu uma risadinha nervosa.

– O senhor me deixaria sair depois?

– Não posso prometer isso...

– Veja... Só irei vê-lo, como diz, quando eu tiver tomado uma decisão...

Por pouco Maigret não lhe falou do ultimato do juiz de instrução, depois pesou os prós e os contras e decidiu se calar.

– Até logo, sr. comissário...

– Até logo... Coragem!...

Maigret e Janvier se olharam.

– Pobre coitado! – murmurou Janvier.

– Ele ainda se debate. Está lúcido, não alimenta ilusões. Pergunto-me se virá antes de quarta-feira...

– Não teve a impressão de que ele já está hesitando?

– Já no sábado hesitava... Por enquanto está na rua, ao sol, em meio à multidão onde ninguém lhe aponta o dedo... Pode entrar num café, pedir um conhaque e lhe servem sem prestar atenção nele... Pode ir jantar num restaurante, sentar-se na escuridão de um cinema...

– Compreendo...

– Coloco-me no lugar dele... De uma hora para outra...

– Se ele se suicidasse, como o senhor teme, seria ainda mais definitivo...

– Eu sei... Mas é ele que deve saber isso... Espero apenas que não continue a beber...

Pequenas rajadas de ar fresco entravam na peça e Maigret olhou para a janela aberta.

– Que tal irmos tomar um trago?

E, alguns minutos mais tarde, os dois estavam instalados junto ao balcão da Brasserie Dauphine.

– Um conhaque – pediu o comissário, enquanto Janvier sorria.

CAPÍTULO VII

A TERÇA-FEIRA FOI PENOSA. No entanto, Maigret chegou a seu escritório muito bem-disposto. Era tão agradável a primavera que ele fez todo o caminho a pé desde o Boulevard Richard-Lenoir, aspirando o ar, o cheiro das lojas, virando-se às vezes para os vestidos claros e alegres das mulheres.

– Nada para mim?

Eram nove horas.

– Nada, chefe...

Dentro de alguns minutos ou meia hora, um dos diretores ou redatores-chefes ia chamá-lo para anunciar-lhe uma nova carta em letras de fôrma.

Ele contava com um dia decisivo. Preparou-se para isso e arranjou os cachimbos em cima da mesa, escolhendo um com cuidado; foi acendê-lo diante da janela enquanto olhava o Sena que cintilava ao sol matinal.

Quando teve de ir à reunião diária do relatório, instalou Janvier à sua mesa.

– Se ele telefonar, diga-lhe que espere e vá me buscar em seguida...

– Sim, chefe...

Não houve telefonema enquanto ele estava na sala do diretor. Nenhum também às dez. Às onze horas, igualmente nada.

Maigret examinou a correspondência, preencheu formulários, com o espírito ausente, e de vez em quando, como para enganar o tempo, passava alguns minutos na sala dos inspetores, com o cuidado de deixar sua porta aberta. Todos viam que ele estava inquieto, nervoso.

Esse telefone que não tocava criava um vazio que o deixava pouco à vontade. Faltava-lhe alguma coisa.

– Tem certeza de que não houve ligação para mim, senhorita?

Ele é que acabou por telefonar aos jornais.

– Vocês não receberam nada esta manhã?

– Esta manhã, não...

Na véspera, o primeiro telefonema do homem da Rue Popincourt fora às 12h10. Ao meio-dia, Maigret não desceu com os outros. Esperou até meio-dia e meia e, mais uma vez, pediu a Janvier, o mais bem-informado do caso, que montasse guarda em seu lugar.

Sua mulher não lhe fez perguntas: a resposta era mais do que evidente.

Será que ele perdera a partida? Cometera um erro ao confiar no seu instinto? No dia seguinte, à mesma hora, seria obrigado a ir ver o juiz de instrução e confessar-lhe que fora vencido. O retrato seria divulgado nos jornais.

Que diabos estaria fazendo aquele idiota? Vinham-lhe ao peito acessos de cólera.

– Ele só quis se fazer de interessante e agora me abandona. Será que ele estava fazendo troça da minha ingenuidade?...

Voltou ao Quai des Orfèvres mais cedo do que de costume.

– Nada? – perguntou maquinalmente a Janvier.

Este teria pago caro para ter uma boa notícia para dar, pois lhe era penoso ver o chefe naquele estado.

– Ainda não...

A tarde foi ainda mais comprida do que a manhã. Maigret tentava em vão se interessar por trabalhos de rotina, aproveitando para liquidar papeladas que se arrastavam. Seu espírito estava noutro lugar.

Ele considerava todas as hipóteses imagináveis e as rejeitava uma a uma. Aconteceu-lhe mesmo de telefonar para o Plantão de Polícia.

– Receberam chamadas referentes a suicídios?

– Um instante... Houve um durante a noite, uma velha que se suicidou com gás, na Porte d'Orléans... Um homem se atirou no Sena esta manhã às nove... Conseguiram salvá-lo...

– Que idade?

– Quarenta e dois anos... Neurastênico...

Por que se incomodava tanto? Fizera o que podia ser feito. Estava na hora de olhar a realidade de frente. Ele não sofria por ter sido ludibriado, mas por ver que sua intuição o enganara. Porque então era grave. Significava que ele não era mais capaz de estabelecer o contato e, nesse caso...

– Merda, merda, merda!...

Disse isso em voz alta, na solidão da sua sala, pegou o chapéu e se dirigiu, sozinho, para a Brasserie Dauphine, onde bebeu, uma atrás da outra, duas cervejas no balcão.

– Nenhum telefonema? – perguntou ao voltar.

Até as sete horas não houve nenhuma ligação e ele se resignou a voltar para casa. Sentia-se pesado e não estava em paz consigo mesmo. Pegou um táxi. Não saboreou o resto de luz do dia nem o fervilhar colorido das ruas. Não sabia sequer que tempo fazia.

Subiu pesadamente a escada e parou duas vezes, porque estava um pouco ofegante. A poucos degraus do seu andar, viu sua mulher que o olhava subir.

Ela o esperava como se espera um filho que volta da escola e ele esteve a ponto de se zangar. Quando chegou no patamar, ela se limitou a lhe dizer em voz baixa:

– Ele está aí...

– Tem certeza que é ele?

– Ele mesmo me disse...

– Há quanto tempo?

– Cerca de uma hora...

– Você não teve medo?

Maigret sentiu de repente, por sua mulher, um medo retrospectivo.

– Eu sabia que não corria perigo algum...

Eles cochichavam diante da porta, que estava encostada.

– Ficamos conversando...

– Acerca de quê?

– De tudo... Da primavera... De Paris... Dos pequenos restaurantes de motoristas que aos poucos estão desaparecendo...

Maigret entrou finalmente e, na sala de estar, que era ao mesmo tempo sala de jantar, viu um homem ainda jovem que se levantou. A sra. Maigret lhe fizera retirar a capa e pusera o chapéu em cima de uma cadeira. Vestia um terno azul-marinho e aparentava menos que sua idade.

Ele fez um esforço para sorrir.

– Desculpe-me se vim até aqui... – disse. – Lá, no seu escritório, eu temia que não me deixassem vê-lo em seguida... Contam tantas coisas...

Ele devia ter medo de apanhar. Estava embaraçado, buscava palavras para romper o silêncio. Não se deu conta de que o comissário estava tão embaraçado quanto ele. A sra. Maigret já havia retornado para a cozinha.

– O senhor é mesmo como eu imaginava...

– Sente-se...

– Sua mulher foi muito paciente comigo...

E, como se tivesse esquecido de fazer isso até então, tirou do bolso uma faca sueca e a entregou a Maigret.

– Pode mandar analisar o sangue... Não a limpei...

Maigret colocou-a negligentemente em cima de uma mesinha, sentou-se numa poltrona de frente para seu visitante.

– Não sei por onde começar... É muito difícil...

– Vou primeiro lhe fazer algumas perguntas... Como se chama?

– Robert Bureau... Isso mesmo, *Bureau*, como mesa de escritório... Parece até simbólico, já que meu pai e eu...

– Onde mora?

– Tenho um pequeno apartamento num prédio muito antigo da Rue de l'École-de-Médicine, fica no fundo do pátio... Trabalho na Rue Lafitte, numa empresa de seguros... Ou melhor, trabalhava... Tudo acabou, não é mesmo?

Pronunciou essa frase com uma resignação melancólica. Estava apaziguado, olhava o ambiente calmo ao redor como se nele tentasse se integrar.

– De que cidade você é?

– Saint-Amand-Montrond, à margem do Cher... Existe lá uma grande tipografia, a Mamin et Delvoye, que trabalha para vários editores de Paris... É lá que meu pai está empregado e, em sua boca, os nomes Mamin et Delvoye são quase sagrados... Morávamos – meus pais ainda moram – numa pequena casa perto do canal do Berry...

Maigret não queria apressá-lo para chegar rapidamente às questões essenciais.

– Não gostava da sua cidade?

– Não.

– Por quê?

– Tinha a impressão de viver sufocado... Todo o mundo se conhece... Quando se passa nas ruas, veem-se cortinas mexendo-se nas janelas... Sempre ouvi meus pais murmurarem:

"– O que as pessoas vão dizer..."

– Era bom aluno?

– Até os catorze anos e meio eu era o primeiro da classe... Meus pais estavam tão habituados que me repreendiam quando havia um ponto a menos no boletim...

– Quando começou a ter medo?

Maigret teve a impressão de que o seu interlocutor empalidecia, que duas pequenas cavidades se formaram perto das narinas e que os lábios ficaram secos.

– Não sei como pude guardar o segredo até agora...

– O que aconteceu quando tinha catorze anos e meio?

– O senhor conhece a região?

– Já passei por lá...

– O rio Cher corre paralelamente ao canal... Em alguns pontos se aproxima dele até alguns metros... Ele é largo, pouco profundo, com pedras e rochas que permitem atravessá-lo a pé...

"As margens são cobertas de juncos, salgueiros e arbustos de várias espécies... Sobretudo do lado de Drevant, uma aldeia a cerca de três quilômetros de Saint-Amand...

"Era lá que os meninos do lugar costumavam ir brincar... Eu não brincava com eles..."

– Por quê?

– Minha mãe os chamava de vadios... Alguns tomavam banho nus no rio... Quase todos eram filhos de operários da tipografia e meus pais faziam uma grande distinção entre operários e funcionários...

"Eram uns quinze, talvez uns vinte... Havia duas meninas com eles... Uma delas, Renée, que devia ter treze anos, já tinha um corpo de mulher, e eu era apaixonado por ela...

"Refleti muito sobre tudo isso, sr. comissário, e me pergunto se poderia ter acontecido de outro modo... Suponho que sim... Não estou tentando tirar minha culpa...

"Um garoto, o filho do salsicheiro, a abraçou e a beijou no mato e eu os surpreendi... Eles foram tomar banho com os outros... O garoto chamava-se Raymond Pomel e era ruivo, como o pai, em cuja casa nós comprávamos...

"Em certo momento ele se afastou para fazer suas necessidades... Aproximou-se de mim sem perceber e tirei minha faca sueca do bolso, acionei o botão da lâmina...

"Juro que eu não sabia o que estava fazendo... Golpeei várias vezes, com a sensação de me libertar de alguma coisa... Para mim, naquele momento, era indispensável... Eu não estava cometendo um crime, matando um garoto... Apenas golpeava... Continuei a golpear quando ele caiu no chão, depois me afastei tranquilamente..."

Ele havia se animado e seus olhos brilhavam.

– Só descobriram duas horas mais tarde... Ninguém notou que ele não estava mais com o bando de cerca de vinte garotos... E voltei para a minha casa depois de ter lavado a faca no canal...

– Como se explica que, tão jovem, possuísse essa faca?

– Eu a roubara alguns meses antes de um dos meus tios... Eu era maníaco por canivetes. Assim que ganhava um dinheirinho, comprava um que trazia sempre no bolso... Na casa do meu tio, num domingo, descobri essa faca sueca e a roubei... Meu tio a procurou por toda parte sem pensar um instante sequer em mim...

– Como é que sua mãe, por exemplo, não a descobriu?

– A parede da nossa casa, do lado do jardim, era coberta de folhas de videira escuras que chegavam até a minha janela... Quando a faca não estava no meu bolso, eu a escondia nessa folhagem...

– Ninguém suspeitou de você?

– Foi o que me surpreendeu... Prenderam um barqueiro, que foram obrigados a soltar... Pensaram em todos os suspeitos possíveis, exceto numa criança...

– Como você se sentia?

– Para lhe dizer a verdade, eu não sentia remorso... Escutava o que as donas de casa diziam na rua, lia o jornal de Montluçon que falava do crime, mas não me preocupava.

"Vi passar o enterro sem emoção... Para mim, naquele momento, já era coisa do passado... Do inevitável... Eu não tinha nada a ver com aquilo... Não sei se o senhor compreende... Acho que é impossível, para alguém que não passou por isso...

"Continuei indo ao colégio mas me tornei desatento, o que se refletiu nas minhas notas... Eu parecia pálido e minha mãe me levou ao médico, que me examinou sem muita convicção.

"– É a idade, sra. Bureau... Este rapaz está um pouco anêmico...

"Acho que eu não me sentia inteiramente na realidade... Tinha vontade de fugir... Não de uma punição possível, mas de fugir de meus pais, da cidade, ir para bem longe, não importa onde..."

– Não está com sede? – perguntou Maigret, que sentia ele mesmo a necessidade de uma bebida.

Serviu dois conhaques com água e estendeu um a seu visitante. Este bebeu avidamente e esvaziou o copo de um trago.

– Quando tomou consciência do que havia feito?

– O senhor acredita em mim, não é mesmo?

– Sim, acredito...

– Sempre achei que ninguém nunca me acreditaria... Aconteceu imperceptivelmente... À medida que o tempo passava, eu me sentia mais diferente dos outros... Acariciando minha faca no bolso, eu me dizia:

"Eu matei... E ninguém sabe...

"Tinha quase vontade de falar, de dizer isso a meus colegas, aos professores, a meus pais, como quem se orgulha de uma façanha... Depois, um dia, surpreendi-me seguindo uma mulher ao longo do canal... Era uma filha de barqueiros que regressava até seu barco... Era inverno e já havia anoitecido...

"Disse a mim mesmo que bastava dar alguns passos rapidamente, tirar minha faca do bolso...

"Bruscamente comecei a tremer. Dei meia-volta, sem refletir, e corri até as primeiras casas da cidade, como se ali eu me sentisse mais seguro."

– Isso lhe aconteceu muitas vezes desde então?

– Ainda na adolescência?

– Não importa em que período...

– Umas vinte vezes... Na maioria delas, eu não tinha em mente uma vítima determinada... Eu estava na rua e de repente pensava:

"– Vou matá-lo...

"Chegava a murmurar essas palavras a meia-voz... Elas não visavam esta ou aquela pessoa... Podia ser qualquer um...

"– Vou matá-lo...

"Mais tarde lembrei que, criança, quando meu pai me dava uma bofetada e me mandava para o quarto de castigo, eu murmurava a mesma coisa:

"– Vou matá-lo...

"Não pensava necessariamente no meu pai... O inimigo era a humanidade inteira, era o homem...

"– Vou matá-lo...

"Posso beber mais um copo?"

Maigret serviu-lhe e aproveitou para servir-se também.

– Com que idade deixou Saint-Amand?

– Aos dezessete anos... Eu sabia que não passaria nos exames para a universidade... Meu pai não compreendia nada e me olhava com inquietação... Queria que eu fosse trabalhar na tipografia... Uma noite, parti sem dizer nada, levando uma mala e minhas modestas economias...

– E sua faca!

– Sim... Tive cem vezes a intenção de livrar-me dela, sem conseguir... Não sei por que... Veja...

Ele buscava as palavras. Percebia-se que queria ser o mais honesto e preciso possível, o que lhe era difícil.

– Em Paris, no começo, passei fome e, como tantos outros, tive de descarregar legumes no mercado dos Halles... Lia os classificados e corria a toda parte onde ofereciam um emprego...

"Foi assim que comecei a trabalhar numa empresa de seguros..."

– Teve namoradas?

– Não... Contentava-me, de vez em quando, em pegar uma mulher na rua... Uma delas tentou arrancar uma nota a mais da minha carteira e por pouco não saquei a faca... Fiquei com suor na testa... Fui embora titubeando...

"Cheguei à conclusão de que eu não tinha o direito de me casar..."

– Tinha esse desejo?

– O senhor já viveu sozinho em Paris, sem parentes, sem amigos, e já voltou para casa à noite, sozinho?

– Sim...

– Então há de compreender... Amigos eu também não queria, pois não podia ser sincero com eles sem arriscar-me à prisão para o resto dos meus dias...

"Fui à biblioteca Sainte-Geneviève... Devorei tratados de psiquiatria, esperando sempre descobrir uma explicação... Certamente eu carecia de bases... Quando achava que o meu caso correspondia a uma doença mental determinada, via em seguida que eu não tinha este ou aquele sintoma...

"Eu estava ficando cada vez mais angustiado...

"– *Vou matá-lo...*

"Acabei por ficar atento a essas palavras e quando elas surgiam nos meus lábios corria para casa, me trancava, me jogava na cama... Acho até que gemia...

"Uma noite, um vizinho, um homem de certa idade, veio bater à minha porta. No mesmo instante tirei a faca do bolso.

"– O que foi? – perguntei através da porta.

"– Está tudo bem?... Não está doente?... Achei que tinha ouvido gemidos... Desculpe-me...

"E ele se afastou..."

CAPÍTULO VIII

A SRA. MAIGRET APARECEU no vão da porta, fez um sinal que ele não compreendeu, de tão distante que estava em pensamento, depois ela murmurou:

– Pode vir aqui um instante?

Na cozinha, ela cochichou:

– O jantar está pronto... Já passa das oito da noite... O que fazemos?

– O que quer dizer?

– Precisamos comer...

– Ainda não acabou...

– Será que ele não poderia comer conosco?

Ele a olhou com estupor. Por um instante, porém, essa proposta lhe pareceu perfeitamente natural.

– Não... Não convém uma mesa posta, jantar em família... Isso o deixaria terrivelmente constrangido... Tem frios, queijo?...

– Sim...

– Nesse caso, prepare uns sanduíches e nos sirva com vinho branco...

– Como ele está?

– Mais calmo e mais lúcido do que eu imaginava... Começo a compreender por que não me deu nenhum sinal durante o dia... Ele tem necessidade de se distanciar...

– De quê?

– De si mesmo... Entendeu?

– Não...

– Aos catorze anos e meio, ele matou um garoto...

Quando Maigret voltou à sala, Robert Bureau, constrangido, murmurou:

– Estou atrapalhando o jantar, não é?

– Se estivéssemos no Quai des Orfèvres, eu mandaria vir sanduíches e cerveja... Não há razão para não fazer a mesma coisa aqui... Minha mulher está preparando sanduíches e nos servirá com uma garrafa de vinho branco...

– Se eu soubesse...

– Se soubesse o quê?

– Que alguém poderia me compreender... O senhor é certamente uma exceção... O juiz de instrução não terá a mesma atitude, os membros do júri também não... Passei a vida toda com medo, medo de matar de novo, sem querer...

"Eu me observava, por assim dizer, a cada instante, perguntando-me se não estaria começando uma crise... À menor dor de cabeça, por exemplo...

"Consultei não sei quantos médicos... Não lhes confessava a verdade, claro, mas me queixava de violentas dores de cabeça acompanhadas de suor frio... A maioria deles não levava a coisa a sério e me receitava aspirina...

"Um neurologista do Boulevard Saint-Germain me fez um eletroencefalograma... Segundo ele, não tenho nada no cérebro..."

– Foi recente?

– Há dois anos... Eu quase tinha vontade de lhe dizer que eu não era normal, que eu era uma pessoa doente... Já que ele não descobria isso por si mesmo...

"Uma vez, ao passar diante de uma delegacia de polícia, me deu vontade de entrar e dizer:

"– Matei um garoto quando eu tinha catorze anos... Sinto que corro o risco de matar novamente... Preciso me curar... Prendam-me... Obriguem-me a me tratar..."

– Por que não fez isso?

– Porque leio as notícias policiais na imprensa... Em muitos processos os psiquiatras vêm depor e geralmente zombam deles... Quando eles falam de responsabilidade atenuada ou de debilidade mental, o júri não leva em consideração... Na melhor das hipóteses, diminui a pena para quinze ou vinte anos...

"Eu procurava me virar sozinho quando sentia que as crises se aproximavam, correndo para me encerrar em casa... Isso deu certo durante um tempo..."

A sra. Maigret trouxe-lhes uma bandeja de sanduíches, uma garrafa de um Pouilly-Fuissé e dois copos.

– Bom apetite...

E retirou-se discretamente para ir comer na cozinha.

– Sirva-se...

O vinho era fresco e seco.

– Não sei se tenho fome... Há dias em que quase não toco na comida, noutros, ao contrário, sinto uma fome canina... Talvez isso seja também um sinal... Busco sinais em toda parte... Analiso todos os meus reflexos... Dou importância ao menor dos meus pensamentos...

"Tente se colocar no meu lugar... A qualquer momento posso..."

Ele mordeu o sanduíche e foi o primeiro a se espantar ao ver que comia naturalmente.

– E eu que tinha medo de estar enganado a seu respeito... Li nos jornais que o senhor era humano e que isso às vezes o colocava em conflito com o Ministério da Justiça... Por outro lado, falavam dos seus longos interrogatórios... O réu é tratado com delicadeza e cordialidade para ganhar confiança e não percebe que aos poucos estão arrancando sua confissão...

Maigret não pôde deixar de sorrir.

– Nem todos os casos são iguais...

– Quando lhe telefonei, eu pesava cada uma de suas palavras, cada um dos seus silêncios...

– E decidiu vir...

– Eu não tinha mais escolha... Sentia que tudo vinha abaixo... Olhe! Vou lhe fazer uma confissão... Ontem, em certo momento, na região dos *grands boulevards*, passou-me pela cabeça a ideia de atacar alguém, não importa quem fosse, em plena multidão, dando golpes ao meu redor selvagemente, com a esperança de que me matassem...

"Posso me servir outra vez do vinho?"

E acrescentou, com uma resignação um pouco triste:

– Não beberei outro vinho como este durante o resto dos meus dias...

Por um instante, Maigret tentou imaginar o que pensaria o juiz Poiret se tivesse assistido àquela conversa.

Bureau continuou:

– Houve três dias de chuva diluviana... Fala-se geralmente da influência da lua sobre pessoas como eu... Eu me observei... Não notei que os impulsos fossem mais frequentes ou mais fortes durante a lua cheia...

"O que importa, na verdade, é a intensidade... No mês de julho, o calor intenso, por exemplo... No inverno, a neve forte...

"É como se a natureza passasse por uma crise e...

"O senhor compreende?

"Aquela chuva não parava, e as borrascas, o ruído do vento sacudindo as janelas do meu quarto, tudo isso acabou por me deixar com os nervos à flor da pele...

"À noite saí de casa e me pus a andar na tempestade... Depois de alguns minutos estava ensopado e levantava a cabeça de propósito para receber em pleno rosto a chuva...

"Não ouvi o sinal ou, se ouvi, não obedeci... Deveria ter voltado para casa em vez de me obstinar... Não olhava para onde ia... Andava, andava... Num certo momento, minha mão apertou a faca no bolso...

"Vi as luzes de um pequeno bar, numa rua bastante escura... Ouvi passos ao longe, mas não me preocupei...

"Um jovem de jaqueta de couro saiu do bar, seus cabelos compridos colados à nuca, e a coisa se desencadeou...

"Eu não o conhecia, nunca o tinha visto... Não vi seu rosto... Dei vários golpes... Então, quando me afastava, notei que o alívio não vinha e voltei para golpeá-lo novamente e para levantar-lhe a cabeça...

"Foi por isso que falaram de um furioso... Falaram também de um louco..."

Calou-se e olhou ao redor, como que surpreso com o ambiente no qual se encontrava.

– Certamente estou louco, não acha?... Não é possível que eu não esteja doente... Se me tratassem... Foi o que esperei por muito tempo... Mas o senhor verá que eles se contentarão em me enviar à prisão pelo resto dos meus dias...

Maigret não ousava responder.

– O senhor não diz nada?

– Eu gostaria que você recebesse tratamento...

– Mas não conta muito com isso, não é?

Maigret esvaziou seu copo.

– Beba... Daqui a pouco teremos de ir ao Quai des Orfèvres...

– Obrigado por ter me escutado.

Ele esvaziou o copo de um trago, e Maigret lhe serviu mais um.

Bureau não havia se enganado muito. No tribunal, dois psiquiatras vieram declarar que o réu não era alienado no sentido legal do termo, mas que sua responsabilidade era amplamente atenuada, pois ele tinha dificuldade de resistir a seus impulsos.

O advogado suplicou aos jurados que o seu cliente fosse enviado a um hospital psiquiátrico onde pudessem vigiá-lo.

O júri aceitou as circunstâncias atenuantes, porém, mesmo assim condenou Robert Bureau a quinze anos de prisão.

O juiz então, após uma tossidela, pronunciou:

– Sabemos bem que esse veredicto não corresponde inteiramente à realidade. Infelizmente, ainda não dispomos de estabelecimentos onde um homem como Bureau possa ser tratado de maneira eficaz, ao mesmo tempo em que mantido sob estrita vigilância...

Em seu assento, Bureau procurou Maigret com os olhos e lhe dirigiu um sorriso resignado. Ele parecia dizer:

"É o que previ, não?"

Ao ir embora, Maigret tinha os ombros um pouco mais pesados.

Epalinges (Vaud), 21 de abril de 1969

Coleção **L&PM** POCKET (LANÇAMENTOS MAIS RECENTES)

526.**O fator humano** – Graham Greene
527.**Tristessa** – Jack Kerouac
528.**O diamante do tamanho do Ritz** – S. Fitzgerald
529.**As melhores histórias de Sherlock Holmes** – Arthur Conan Doyle
530.**Cartas a um jovem poeta** – Rilke
531(20).**Memórias de Maigret** – Simenon
532(4).**O misterioso sr. Quin** – Agatha Christie
533.**Os analectos** – Confúcio
534(21).**Maigret e os homens de bem** – Simenon
535(22).**O medo de Maigret** – Simenon
536.**Ascensão e queda de César Birotteau** – Balzac
537.**Sexta-feira negra** – David Goodis
538.**Ora bolas – O humor de Mario Quintana** – Juarez Fonseca
539.**Longe daqui aqui mesmo** – Antonio Bivar
540(5).**É fácil matar** – Agatha Christie
541.**O pai Goriot** – Balzac
542.**Brasil, um país do futuro** – Stefan Zweig
543.**O processo** – Kafka
544.**O melhor de Hagar 4** – Dik Browne
545(6).**Por que não pediram a Evans?** – Agatha Christie
546.**Fanny Hill** – John Cleland
547.**O gato por dentro** – William S. Burroughs
548.**Sobre a brevidade da vida** – Sêneca
549.**Geraldão (1)** – Glauco
550.**Piratas do Tietê (2)** – Laerte
551.**Pagando o pato** – Ciça
552.**Garfield de bom humor (6)** – Jim Davis
553.**Conhece o Mário?** vol. 1 – Santiago
554.**Radicci 6** – Iotti
555.**Os subterrâneos** – Jack Kerouac
556(1).**Balzac** – François Taillandier
557(2).**Modigliani** – Christian Parisot
558(3).**Kafka** – Gérard-Georges Lemaire
559(4).**Júlio César** – Joël Schmidt
560.**Receitas da família** – J. A. Pinheiro Machado
561.**Boas maneiras à mesa** – Celia Ribeiro
562(9).**Filhos sadios, pais felizes** – R. Pagnoncelli
563(10).**Fatos & mitos** – Dr. Fernando Lucchese
564.**Ménage à trois** – Paula Taitelbaum
565.**Mulheres!** – David Coimbra
566.**Poemas de Álvaro de Campos** – Fernando Pessoa
567.**Medo e outras histórias** – Stefan Zweig
568.**Snoopy e sua turma (1)** – Schulz
569.**Piadas para sempre (1)** – Visconde da Casa Verde
570.**O alvo móvel** – Ross Macdonald
571.**O melhor do Recruta Zero (2)** – Mort Walker
572.**Um sonho americano** – Norman Mailer
573.**Os broncos também amam** – Angeli
574.**Crônica de um amor louco** – Bukowski
575(5).**Freud** – René Major e Chantal Talagrand
576(6).**Picasso** – Gilles Plazy
577(7).**Gandhi** – Christine Jordis
578.**A tumba** – H. P. Lovecraft
579.**O príncipe e o mendigo** – Mark Twain
580.**Garfield, um charme de gato (7)** – Jim Davis
581.**Ilusões perdidas** – Balzac
582.**Esplendores e misérias das cortesãs** – Balzac
583.**Walter Ego** – Angeli
584.**Striptiras (1)** – Laerte
585.**Fagundes: um puxa-saco de mão cheia** – Laerte
586.**Depois do último trem** – Josué Guimarães
587.**Ricardo III** – Shakespeare
588.**Dona Anja** – Josué Guimarães
589.**24 horas na vida de uma mulher** – Stefan Zweig
590.**O terceiro homem** – Graham Greene
591.**Mulher no escuro** – Dashiell Hammett
592.**No que acredito** – Bertrand Russell
593.**Odisséia (1): Telemaquia** – Homero
594.**O cavalo cego** – Josué Guimarães
595.**Henrique V** – Shakespeare
596.**Fabulário geral do delírio cotidiano** – Bukowski
597.**Tiros na noite 1: A mulher do bandido** – Dashiell Hammett
598.**Snoopy em Feliz Dia dos Namorados! (2)** – Schulz
599.**Mas não se matam cavalos?** – Horace McCoy
600.**Crime e castigo** – Dostoiévski
601(7).**Mistério no Caribe** – Agatha Christie
602.**Odisséia (2): Regresso** – Homero
603.**Piadas para sempre (2)** – Visconde da Casa Verde
604.**À sombra do vulcão** – Malcolm Lowry
605(8).**Kerouac** – Yves Buin
606.**E agora são cinzas** – Angeli
607.**As mil e uma noites** – Paulo Caruso
608.**Um assassino entre nós** – Ruth Rendell
609.**Crack-up** – F. Scott Fitzgerald
610.**Do amor** – Stendhal
611.**Cartas do Yage** – William Burroughs e Allen Ginsberg
612.**Striptiras (2)** – Laerte
613.**Henry & June** – Anaïs Nin
614.**A piscina mortal** – Ross Macdonald
615.**Geraldão (2)** – Glauco
616.**Tempo de delicadeza** – A. R. de Sant'Anna
617.**Tiros na noite 2: Medo de tiro** – Dashiell Hammett
618.**Snoopy em Assim é a vida, Charlie Brown! (3)** – Schulz
619.**1954 – Um tiro no coração** – Hélio Silva
620.**Sobre a inspiração poética (Íon)** e ... – Platão
621.**Garfield e seus amigos (8)** – Jim Davis
622.**Odisséia (3): Ítaca** – Homero
623.**A louca matança** – Chester Himes
624.**Factótum** – Charles Bukowski
625.**Guerra e Paz: volume 1** – Tolstói
626.**Guerra e Paz: volume 2** – Tolstói
627.**Guerra e Paz: volume 3** – Tolstói
628.**Guerra e Paz: volume 4** – Tolstói
629(9).**Shakespeare** – Claude Mourthé
630.**Bem está o que bem acaba** – Shakespeare
631.**O contrato social** – Rousseau
632.**Geração Beat** – Jack Kerouac
633.**Snoopy: É Natal! (4)** – Charles Schulz
634(8).**Testemunha da acusação** – Agatha Christie
635.**Um elefante no caos** – Millôr Fernandes
636.**Guia de leitura (100 autores que você precisa ler)** – Organização de Léa Masina
637.**Pistoleiros também mandam flores** – David Coimbra

638.**O prazer das palavras – vol. 1** – Cláudio Moreno
639.**O prazer das palavras – vol. 2** – Cláudio Moreno
640.**Novíssimo testamento: com Deus e o diabo, a dupla da criação** – Iotti
641.**Literatura Brasileira: modos de usar** – Luís Augusto Fischer
642.**Dicionário de Porto-Alegrês** – Luís A. Fischer
643.**Clô Dias & Noites** – Sérgio Jockymann
644.**Memorial de Isla Negra** – Pablo Neruda
645.**Um homem extraordinário e outras histórias** – Tchékhov
646.**Ana sem terra** – Alcy Cheuiche
647.**Adultérios** – Woody Allen
648.**Para sempre ou nunca mais** – R. Chandler
649.**Nosso homem em Havana** – Graham Greene
650.**Dicionário Caldas Aulete de Bolso**
651.**Snoopy: Posso fazer uma pergunta, professora? (5)** – Charles Schulz
652(10).**Luís XVI** – Bernard Vincent
653.**O mercador de Veneza** – Shakespeare
654.**Cancioneiro** – Fernando Pessoa
655.**Non-Stop** – Martha Medeiros
656.**Carpinteiros, levantem bem alto a cumeeira & Seymour, uma apresentação** – J.D.Salinger
657.**Ensaios céticos** – Bertrand Russell
658.**O melhor de Hagar 5** – Dik Browne
659.**Primeiro amor** – Ivan Turguêniev
660.**A trégua** – Mario Benedetti
661.**Um parque de diversões da cabeça** – Lawrence Ferlinghetti
662.**Aprendendo a viver** – Sêneca
663.**Garfield, um gato em apuros (9)** – Jim Davis
664.**Dilbert 1** – Scott Adams
665.**Dicionário de dificuldades** – Domingos Paschoal Cegalla
666.**A imaginação** – Jean-Paul Sartre
667.**O ladrão e os cães** – Naguib Mahfuz
668.**Gramática do português contemporâneo** – Celso Cunha
669.**A volta do parafuso** *seguido de* **Daisy Miller** – Henry James
670.**Notas do subsolo** – Dostoiévski
671.**Abobrinhas da Brasilônia** – Glauco
672.**Geraldão (3)** – Glauco
673.**Piadas para sempre (3)** – Visconde da Casa Verde
674.**Duas viagens ao Brasil** – Hans Staden
675.**Bandeira de bolso** – Manuel Bandeira
676.**A arte da guerra** – Maquiavel
677.**Além do bem e do mal** – Nietzsche
678.**O coronel Chabert** *seguido de* **A mulher abandonada** – Balzac
679.**O sorriso de marfim** – Ross Macdonald
680.**100 receitas de pescados** – Sílvio Lancellotti
681.**O juiz e o seu carrasco** – Friedrich Dürrenmatt
682.**Noites brancas** – Dostoiévski
683.**Quadras ao gosto popular** – Fernando Pessoa
684.**Romanceiro da Inconfidência** – Cecília Meireles
685.**Kaos** – Millôr Fernandes
686.**A pele de onagro** – Balzac
687.**As ligações perigosas** – Choderlos de Laclos
688.**Dicionário de matemática** – Luiz Fernandes Cardoso
689.**Os Lusíadas** – Luís Vaz de Camões
690(11).**Átila** – Éric Deschodt
691.**Um jeito tranqüilo de matar** – Chester Himes
692.**A felicidade conjugal** *seguido de* **O diabo** – Tolstói
693.**Viagem de um naturalista ao redor do mundo** – vol. 1 – Charles Darwin
694.**Viagem de um naturalista ao redor do mundo** – vol. 2 – Charles Darwin
695.**Memórias da casa dos mortos** – Dostoiévski
696.**A Celestina** – Fernando de Rojas
697.**Snoopy (6)** – Charles Schulz
698.**Dez (quase) amores** – Claudia Tajes
699.**Poirot sempre espera** – Agatha Christie
700.**Cecília de bolso** – Cecília Meireles
701.**Apologia de Sócrates** *precedido de* **Êutifron e** *seguido de* **Críton** – Platão
702.**Wood & Stock** – Angeli
703.**Striptiras (3)** – Laerte
704.**Discurso sobre a origem e os fundamentos da desigualdade entre os homens** – Rousseau
705.**Os duelistas** – Joseph Conrad
706.**Dilbert (2)** – Scott Adams
707.**Viver e escrever (vol.1)** – Edla van Steen
708.**Viver e escrever (vol.2)** – Edla van Steen
709.**Viver e escrever (vol.3)** – Edla van Steen
710.**A teia da aranha** – Agatha Christie
711.**O banquete** – Platão
712.**Os belos e malditos** – F. Scott Fitzgerald
713.**Libelo contra a arte moderna** – Salvador Dalí
714.**Akropolis** – Valerio Massimo Manfredi
715.**Devoradores de mortos** – Michael Crichton
716.**Sob o sol da Toscana** – Frances Mayes
717.**Batom na cueca** – Nani
718.**Vida dura** – Claudia Tajes
719.**Carne trêmula** – Ruth Rendell
720.**Cris, a fera** – David Coimbra
721.**O anticristo** – Nietzsche
722.**Como um romance** – Daniel Pennac
723.**Emboscada no Forte Bragg** – Tom Wolfe
724.**Assédio sexual** – Michael Crichton
725.**O espírito do Zen** – Alan W.Watts
726.**Um bonde chamado desejo** – Tennessee Williams
727.**Como gostais** *seguido de* **Conto de inverno** – Shakespeare
728.**Tratado sobre a tolerância** – Voltaire
729.**Snoopy: Doces ou travessuras? (7)** – Charles Schulz
730.**Cardápios do Anonymus Gourmet** – J.A. Pinheiro Machado
731.**100 receitas com lata** – J.A. Pinheiro Machado
732.**Conhece o Mário?** vol.2 – Santiago
733.**Dilbert (3)** – Scott Adams
734.**História de um louco amor** *seguido de* **Passado amor** – Horacio Quiroga
735(11).**Sexo: muito prazer** – Laura Meyer da Silva
736(12).**Para entender o adolescente** – Dr. Ronald Pagnoncelli
737(13).**Desembarcando a tristeza** – Dr. Fernando Lucchese
738(11).**Poirot e o mistério da arca espanhola & outras histórias** – Agatha Christie
739.**A última legião** – Valerio Massimo Manfredi
740.**As virgens suicidas** – Jeffrey Eugenides
741.**Sol nascente** – Michael Crichton
742.**Duzentos ladrões** – Dalton Trevisan
743.**Os devaneios do caminhante solitário** – Rousseau
744.**Garfield, o rei da preguiça (10)** – Jim Davis

745.**Os magnatas** – Charles R. Morris
746.**Pulp** – Charles Bukowski
747.**Enquanto agonizo** – William Faulkner
748.**Aline: viciada em sexo (3)** – Adão Iturrusgarai
749.**A dama do cachorrinho** – Anton Tchékhov
750.**Tito Andrônico** – Shakespeare
751.**Antologia poética** – Anna Akhmátova
752.**O melhor de Hagar 6** – Dik e Chris Browne
753(12).**Michelangelo** – Nadine Sautel
754.**Dilbert (4)** – Scott Adams
755.**O jardim das cerejeiras** *seguido de* **Tio Vânia** – Tchékhov
756.**Geração Beat** – Claudio Willer
757.**Santos Dumont** – Alcy Cheuiche
758.**Budismo** – Claude B. Levenson
759.**Cleópatra** – Christian-Georges Schwentzel
760. **Revolução Francesa** – Frédéric Bluche, Stéphane Rials e Jean Tulard
761.**A crise de 1929** – Bernard Gazier
762.**Sigmund Freud** – Edson Sousa e Paulo Endo
763.**Império Romano** – Patrick Le Roux
764.**Cruzadas** – Cécile Morrisson
765.**O mistério do Trem Azul** – Agatha Christie
766.**Os escrúpulos de Maigret** – Simenon
767.**Maigret se diverte** – Simenon
768.**Senso comum** – Thomas Paine
769.**O parque dos dinossauros** – Michael Crichton
770.**Trilogia da paixão** – Goethe
771.**A simples arte de matar** (vol.1) – R. Chandler
772.**A simples arte de matar** (vol.2) – R. Chandler
773.**Snoopy: No mundo da lua! (8)** – Charles Schulz
774.**Os Quatro Grandes** – Agatha Christie
775.**Um brinde de cianureto** – Agatha Christie
776.**Súplicas atendidas** – Truman Capote
777.**Ainda restam aveleiras** – Simenon
778.**Maigret e o ladrão preguiçoso** – Simenon
779.**A viúva imortal** – Millôr Fernandes
780.**Cabala** – Roland Goetschel
781.**Capitalismo** – Claude Jessua
782.**Mitologia grega** – Pierre Grimal
783.**Economia: 100 palavras-chave** – Jean-Paul Betbèze
784.**Marxismo** – Henri Lefebvre
785.**Punição para a inocência** – Agatha Christie
786.**A extravagância do morto** – Agatha Christie
787(13).**Cézanne** – Bernard Fauconnier
788.**A identidade Bourne** – Robert Ludlum
789.**Da tranquilidade da alma** – Sêneca
790.**Um artista da fome** *seguido de* **Na colônia penal e outras histórias** – Kafka
791.**Histórias de fantasmas** – Charles Dickens
792.**A louca de Maigret** – Simenon
793.**O amigo de infância de Maigret** – Simenon
794.**O revólver de Maigret** – Simenon
795.**A fuga do sr. Monde** – Simenon
796.**O Uraguai** – Basílio da Gama
797.**A mão misteriosa** – Agatha Christie
798.**Testemunha ocular do crime** – Agatha Christie
799.**Crepúsculo dos ídolos** – Friedrich Nietzsche
800.**Maigret e o negociante de vinhos** – Simemon
801.**Maigret e o mendigo** – Simenon
802.**O grande golpe** – Dashiell Hammett
803.**Humor barra pesada** – Nani
804.**Vinho** – Jean-François Gautier
805.**Egito Antigo** – Sophie Desplancques
806(14).**Baudelaire** – Jean-Baptiste Baronian
807.**Caminho da sabedoria, caminho da paz** – Dalai Lama e Felizitas von Schönborn
808.**Senhor e servo e outras histórias** – Tolstói
809.**Os cadernos de Malte Laurids Brigge** – Rilke
810.**Dilbert (5)** – Scott Adams
811.**Big Sur** – Jack Kerouac
812.**Seguindo a correnteza** – Agatha Christie
813.**O álibi** – Sandra Brown
814.**Montanha-russa** – Martha Medeiros
815.**Coisas da vida** – Martha Medeiros
816.**A cantada infalível** *seguido de* **A mulher do centroavante** – David Coimbra
817.**Maigret e os crimes do cais** – Simenon
818.**Sinal vermelho** – Simenon
819.**Snoopy: Pausa para a soneca (9)** – Charles Schulz
820.**De pernas pro ar** – Eduardo Galeano
821.**Tragédias gregas** – Pascal Thiercy
822.**Existencialismo** – Jacques Colette
823.**Nietzsche** – Jean Granier
824.**Amar ou depender?** – Walter Riso
825.**Darmapada: A doutrina budista em versos**
826.**J'Accuse...! – a verdade em marcha** – Zola
827.**Os crimes ABC** – Agatha Christie
828.**Um gato entre os pombos** – Agatha Christie
829.**Maigret e o sumiço do sr. Charles** – Simenon
830.**Maigret e a morte do jogador** – Simenon
831.**Dicionário de teatro** – Luiz Paulo Vasconcellos
832.**Cartas extraviadas** – Martha Medeiros
833.**A longa viagem de prazer** – J. J. Morosoli
834.**Receitas fáceis** – J. A. Pinheiro Machado
835.**Mais fatos e mitos** – Dr. Fernando Lucchese
836.**Boa viagem!** – Dr. Fernando Lucchese
837.**Aline: Finalmente nua!!!** (4) – Adão Iturrusgarai
838.**Mônica tem uma novidade!** – Mauricio de Sousa
839.**Cebolinha em apuros!** – Mauricio de Sousa
840.**Sócios no crime** – Agatha Christie
841.**Bocas do tempo** – Eduardo Galeano
842.**Orgulho e preconceito** – Jane Austen
843.**Impressionismo** – Dominique Lobstein
844.**Escrita chinesa** – Viviane Alleton
845.**Paris: uma história** – Yvan Combeau
846(15).**Van Gogh** – David Haziot
847.**Maigret e o corpo sem cabeça** – Simenon
848.**Portal do destino** – Agatha Christie
849.**O futuro de uma ilusão** – Freud
850.**O mal-estar na cultura** – Freud
851.**Maigret e o matador** – Simenon
852.**Maigret e o fantasma** – Simenon
853.**Um crime adormecido** – Agatha Christie
854.**Satori em Paris** – Jack Kerouac
855.**Medo e delírio em Las Vegas** – Hunter Thompson
856.**Um negócio fracassado e outros contos de humor** – Tchékhov
857.**Mônica está de férias!** – Mauricio de Sousa
858.**De quem é esse coelho?** – Mauricio de Sousa
859.**O burgomestre de Furnes** – Simenon
860.**O mistério Sittaford** – Agatha Christie
861.**Manhã transfigurada** – Luiz Antonio de Assis Brasil
862.**Alexandre, o Grande** – Pierre Briant
863.**Jesus** – Charles Perrot
864.**Islã** – Paul Balta
865.**Guerra da Secessão** – Farid Ameur

IMPRESSÃO:

GRÁFICA EDITORA
Pallotti
IMAGEM DE QUALIDADE

Santa Maria - RS - Fone/Fax: (55) 3220.4500
www.pallotti.com.br